SENECA

ON TRANQUILLITY OF MIND

论心灵之安宁

[古罗马] 塞涅卡 著

孙腾 译

天津出版传媒集团

天津人民出版社

果麦文化 出品

编者说明

本书是古罗马斯多葛主义哲学家塞涅卡写给朋友们的书信精选集。

其中，《论生命之短暂》《论心灵之安宁》这两篇书信，参照的是企鹅出版集团出版的“伟大的思想”系列中的《塞涅卡作品集》（*On the Shortness of Life*）英译本。

其余十篇书信，选自《道德书简：致鲁基里乌斯的书信集》（*Moral Letters to Lucilius*），参照的是理查德·莫特·格默里（Richard Mott Gummere）于1925年至1927年翻译的该书的英文版本。

本书的所有注解，如无特别说明，均为英译本原有的注解。

目　录

001　论生命之短暂
037　论心灵之安宁
079　论幸福生活
093　论无端的恐惧
100　论恩惠
112　支持简单生活的一些论点
127　论提前计划徒劳无益
133　论通过理性达到的真正之善

附录：塞涅卡生活指南

142　论肉体和心灵
147　论选择老师
153　论醉酒
163　论自然是我们最好的供养者

论生命之短暂

保利努斯[1]，世人常会抱怨大自然过于吝啬，因为我们的人生注定短暂，而即便是大自然赋予我们的这么一点短暂的时间，也倏忽即逝，使得除极少数人以外，人们刚来得及做好准备开始生活，生命便已走到了尽头。并不只有庸碌无为之辈或不加思考的芸芸众生才会对这世间通病呻吟叹息，即使是那些赫赫有名的人物也会发出同样的慨叹，人皆此心。因此才有了那位最伟大的医学家[2]的名言："人生苦短，艺术恒长。"也正是出于这种哀怨，亚里士多德才会说出和他智者身份最不相称的话。他指责大自然放任动物的寿命是人的五倍甚至十倍长，而人，本是生来就要建立宏伟廓大的成就的，却只能拥有短得多的寿命。不是人生短暂，而是我们荒

1 塞涅卡的一个朋友。公元 48 年至 55 年，他在罗马负责粮食的分配工作。

2 指希波克拉底，被誉为"西方医学之父"。

废太多。人生已经足够漫长，倘使我们善加利用，那便足以取得最为丰硕的成果。但如果在奢靡享乐、无聊琐事上漫无目的地荒掷时光，那么我们便只能在生命走向尽头之际才意识到，时光早已不知不觉地弃我们而去了。所以，大自然赋予我们的生命并不短暂，让它变得短暂的是我们自己的所作所为；上天从来不吝所赐，是我们自己将其挥霍一空。这就好比，如果是个败家子，即便给他亿万家产，也会转瞬间千金散尽；而如果其经营有道，即便一开始财富有限，也能日积月累不断增多。所以，如果用之有方，我们的生命就可以充分延长。

我们为何要抱怨大自然？她已经情至意尽：只要你知道如何利用生命，生命自会变长。然而，有人欲壑难填；有人汲汲于无用之功；有人醉生梦死；有人懒散度日；有人因政治野心疲于奔命，而这种事情能否成功却常常系于他人之念；有人因贪图钱财跑遍千山万水，四处经商；有人醉心兵戈，要么致力于给他人带来灾难，要么在担心有朝一日会祸及自身；有人自动自觉、殚精竭虑地侍奉显贵；有人要么是忙于贪求他人的财物，要么是耽于抱怨自己囊中羞涩；有人并无固定目标，所愿所求反复无常，永无餍足；有人终其一生毫无目的，直到他们慵懒地打哈欠时，死亡不期而至。这样的例子太多太多，所以我丝毫不怀疑，那位最著名的诗人高深莫测的名句所言非虚："人生中只有一小部分是我们真正生活过的时光。"确如其言，其余的那些，算不得人生，仅仅是时间而已。恶行从四面八方对人们围追堵截，不让人们重振旗鼓，举目分辨何为真实，而是让人们沉湎其中，纵欲而无法自拔。这些人再也不能找回真正的自我。如果他们偶然间能获得一些平静，也仍然会辗转反侧，因自身的欲望而永无宁日，就好比即使风停了下来，深海中仍有暗流涌动一般。你觉得我只是在说那些恶名昭彰之人吗？看看那些众人瞩目的幸运儿吧，他们因自己的福分而窒息。有多少人发现钱财只是负担！有多少人因为执着于展现自己的雄辩之才而天天大动肝火！有多少人因无休止地享乐放纵而面色苍白！有多少人终日被一群群请托之人环绕左右而不得空闲！一言以蔽之，从平民百姓到上流社会，纵观所有人，这一位要求法律援助，那一位前来支援；这一位接受审判，那一位为他辩护，还有一位做出判决。没有哪个人是在表明自己的主张，全都是因他人而耗费自己的精力。问问那些大家耳熟能详的人，你就会发现他们有这样一种突出的特征：甲去结交乙，乙去结交丙，没人真正为自己的事费心。同样，有些人会展现出一种愚蠢的愤怒：他们抱怨自己的大人物傲慢无礼，因为当他们需要听众时，大人物无暇倾听。但是，假如一个人从来都不把时间花在自己身上，又怎么有资格去抱怨别人傲慢无礼呢？但不论你是谁，大人物总归有时会看到你，即便他的目光带着一种屈尊俯就，也还会倾听你的话语，还会让你与他并肩而行。而你却从不屈尊俯就看看你自己，聆听一下自己的声音。所以，你没有任何理由要求别人关注你，你之所以想要得到关注，不是因为你需要别人的陪伴，而只是因为你忍受不了自己的陪伴。

即便是那些智慧先贤也会深思这个话题，对于人类思维中这种混沌的迷雾，他们也总会惊讶不已。人们不会允许别人染指自己的地产，即便是出现最轻微的地界纠纷，也会立刻抄起家伙大打出手，但人们却会允许别人侵夺自己的生命——唉，他们甚至会邀请别人来掌控自己的生命。你找不到哪个人会愿意把自己的钱财散出去，但我们每个人都把自己的生命瓜分成了那么多份！人们在保护个人财富时总是锱铢必较，但对于时间这种本来最该极度珍惜的东西，挥霍起来却最大手大脚。所以，我想要拉住一位老前辈，对他说："我看到您已经步入人生的最后阶段了，年近百岁，又或者更多。来吧，我们来给您的一生做一次盘点。回想一下，您有多少时间用在了债主身上，用在了情妇、赞助人和请托人身上，用在了和妻子吵架拌嘴、惩罚奴仆、在城市里奔波以履行社会职责上。再思考一下那些您自己招来的疾病，以及那些在无所事事中溜走的时光。您会发现，您真正拥有的年头比您以为的要少。回顾一下您什么时候有过确定的目标，有多少时日是按您的计划度过的，什么时候您是真正自己支配自己的，何时您的表情是自然的，何时您的头脑不受外界滋扰，在这么漫长的一生里您取得了什么成就，又毫不觉察地浪费了多少生命，您把多少时间花费在了无病呻吟的悲伤、愚不可及的嬉笑、贪得无厌的欲望，以及这社会的种种诱惑之上。留给您自己的生命所剩无几。您会意识到，自己正在过早地走向死亡。”

所以，这都是源自何处？你生活得好像是注定永生不死一样，你从未察觉自己的脆弱，没有意识到有多少时光已经流逝，而是浪掷时间，好像你的时间充沛不绝——尽管这些你花费在其他人、其他事上的每一天都有可能是你此生的最后一天。在一切你恐惧的事情上，你的行为举止像个必有一死的凡人；而在一切你渴望的事情上，你又像个长生不死的神明。你会听到很多人说：“等到五十岁，我就要退休享福了；到六十岁，我就要放弃所有的公共职责了。”是什么能保证你会活得更久呢？谁能让你接下来的生命轨迹都如你所愿呢？当你的生命只剩余烬之时，你才把那些不能用在别的事务上的时间用在智识上，这么做不会感到羞耻吗！在生命必须终结之际你才真正开始生活，这难道不是为时已晚了吗！忘记自己只是终有一死的凡夫俗子，而把那些明智的计划留到五六十岁，指望活到极少有人能活到的岁数才开始真正的生活，这岂不是愚不可及吗！

* * *

你会发现，那些最位高权重的人常常会在言谈之中乞求和赞美闲暇，把它看成高于一切福分的至福。有时，他们渴望能从自己所处的高位全身而退，因为即使没有外来的袭击或滋扰，好运也会自顾自地灰飞烟灭。

已经跻身神明之列的奥古斯都，蒙受神恩远胜任何人，而他却不断祈求休息，试图在公务之中歇一歇，喘口气。他所说的一切都逃不开这个话题——向往闲暇。他常常用一种既甜美又虚无的安慰来纾解自己的辛劳，那就是有朝一日他会为取悦自己而活。在写给一位元老的信中，他承诺他的休息一定会不失尊严，也不会与他过往的荣光相悖。这段话之后，我在他的信里看到这样的话："但比起承诺，将这些事情真正付诸实施，才是更令人感到敬佩的。尽管如此，既然美好的现实仍然遥遥无期，所以我希望把对美好的向往讲出来，能让自己提前开心一下。"闲暇对他来讲如此重要，使得他在没法真正享受闲暇时，宁可在精神上先走一步。他，一个自视为万物主宰之人，一个能决定万民万国祸福之人，一想到有朝一日能将自己的崇高与伟大放在一边，都会感觉幸福无比。他的经历告诉了他，那每一片土地带给他的光芒闪耀的祝福，让他付出了多少汗水，它们背后又隐藏了多少不为人知的焦虑。他不得不先和同胞开战，然后又与自己的同僚，最后是跟自己的亲属，让山海间遍染血色。当他的军队厌倦于喋血罗马之后，他又驱使他们攻打外敌——马其顿、西西里、埃及、叙利亚、亚细亚——几乎打遍所有国家。当他平定阿尔卑斯山地区，征服在他那和平的帝国中心崛起的敌人之后，在他将疆域扩展到莱茵河、幼发拉底河和多瑙河之后，在罗马内部又有穆雷纳、凯皮奥、雷必达[1]、埃格纳提乌斯等人向他磨刀霍霍。他还没有彻底逃脱这些人的阴谋，他的女儿和所有那些因通奸而像宣誓效忠一般听命于她的贵族青年们，再加上尤鲁斯，以及跟安东尼有关联的第二个难对付的女人，又不断给他脆弱不堪的晚年敲响警钟。他剜除了这些溃疡，切断了所有这些横生的肢体，但又有新的东西取而代之，就好比一个过度充血的身体总归会在某个位置大出血一样。所以他渴望闲暇，当他的愿望和思绪停驻在这一点时，他的劳累才得以纾解：作为一个能够满足万民祈愿的人，他

1 此处的雷必达为“后三头同盟”之一的雷必达的儿子，因预谋在奥古斯都从埃及返回途中向他行刺，于公元前30年被处死。

自己的祈愿仅此而已。

当马库斯·西塞罗被卷在喀提林、克洛迪乌斯、庞培、克拉苏这样的人们中间时（他们有些是不加掩饰的敌人，有些是半心半意的朋友），当他在横扫全国的风暴中挣扎之时，他试图挽大厦于将倾，最终却被裹挟而去。他在盛世中不得安宁，在乱世中也缺乏耐心，他曾无数次诅咒自己执政官的职位，而就是这同一个职位，之前他又曾不停地大加称颂，尽管这称颂也不无道理。当老庞培被征服，而小庞培还在西班牙尝试重整败军卷土重来的时候，西塞罗在给阿提库斯的信中使用了多么恶毒的语言！他说："你想不想知道我在这里做什么？我在图斯库兰的别墅里就像半个囚犯一样。"他随后哀悼自己之前的生活，抱怨现在，对未来感到绝望。西塞罗自称是半个囚犯，但一位真正的智者绝不至于用这么一种自怜自艾的措辞。真正的智者永远不会成为半个囚犯，而是总能享受那坚实可靠、完整无缺的自由，能随心所欲地主宰自己的生活，至高无上。如果一个人超脱自己的命运，那又有什么能凌驾于他之上呢？

李维乌斯·德鲁苏斯是个大胆果决的人，他曾经提出法案来延续格拉古兄弟那可悲的政策，并得到了意大利全境大量民众的支持。但他无法看到自己那套措施所产生的任何成果，因为那些措施要么无法施行，要么一旦开始就没法回头。据说他曾经诅咒自己一直过着的那种动荡不安的生活，说他自己是唯一一个甚至从孩提时代起就未曾享受过假期的人。因为当他还是个被监护人，还穿得像个青年的时候，就斗胆在陪审团面前为一些被告人辩护，并因此在法庭上获得了很大的影响力。正如我们所知，他甚至迫使法庭做出了一些有利于他当事人的判决。拥有如此早熟的雄心，又怎会有所顾忌？你可能早已知道，这种早熟的胆大妄为会带来可怕的麻烦，无论公私。所以，当他抱怨自己没有享受过假期的时候为时已晚，因为他小时候就已经在罗马广场上惹出大乱。不知道他的死是不是自己造成的，因为他是腹股沟突然受伤后倒下的，一些人怀疑他是自裁，但没人认为他死得恰逢其时。

再提这种人就有些多余了。尽管在普罗大众眼中，他们是最幸福的人，但作为自己生活的真正见证者，他们表达了对自己一生中每一个行动的憎恨。然而，他们的那些抱怨既没能改变自己，也没能改变别人，一通爆发式的宣泄之后，他们的心境又故态复萌。

确定无疑的是，你们的生命，哪怕能延续千年，最后还是会缩到仅有毫厘之限。因为不管有多少时间，都会被那些恶习吞噬殆尽。你真正拥有的时间（尽管它自然而然地流逝得飞快，但理性可以将其延长），正不可避免地飞速弃你而去。因为你没有抓紧，没有拉回，也没有试图拖延这个世间奔驰速度最快的东西，而是任由它溜走，仿佛它十分多余而又可以替换。

* * *

但我觉得最罪大恶极的，当属那些把所有时间都花在酒色上的人，因为这是最糟糕的事情。其他人，即使是沉湎于虚无的荣耀，那也算是因可敬的妄想而痛苦。你可以给我列出一些沉醉于非正义的仇恨或战争的小气鬼，又或暴脾气的人，他们至少是以一种更有男子气概的方式在犯罪。那些一心只贪吃好色的人才是劣迹斑斑。再看看这些人又是如何消磨时间的吧：他们花了多少时间来算账；给别人下套，又或担心别人给自己下套；向别人溜须拍马，接受别人的溜须拍马；为他人作保，找他人给自己作保；赴宴（如今这种事也被算作公务了）。你会发现，他们的这些活动，不论好坏，都让他们毫无喘息之机。

最后，有一个共识是，如果一个人杂务缠身的话，那么不管他从事什么活动，都不能成功——修辞学或通识教育也学不好。这是因为如果心不在焉，那么就没法吸收任何深刻的东西，而是会排斥一切所谓“硬塞进来”的东西。对于杂务缠身的人，生活是最不重要的事情，然而，又没有什么东西是比生活更难学的了。在其他领域，我们都能随处找到众多导师，事实上，有些领域哪怕小孩子都能透彻掌握，所以即便是小孩子也能充任导师。但学习如何生活则需要穷尽一生，可能更令你惊讶的是，学习如何死亡也要穷尽一生。那么多最顶尖的人物都曾放下所有的负担，弃绝财物、事业和享乐，将全部的余生都用来理解如何生活。然而，他们中大多数人在死时承认自己仍未能理解——连他们都做不到，那其他人就更不必提了。相信我，一个伟大的、超越了人类错误的人，他的标志就是不会让自己的时间被白白浪费，他拥有着可能拥有的最长的生命，仅仅是因为他把一切时间都全心投入在了自己身上。没有一刻被荒废、被忽视，没有一刻是被他人操控的。作为一个极度精打细算的时间捍卫者，他从未觉得有什么东西值得用时间来换。所以，他有充足的时间。而那些大受公事所扰的人，自然而然会发现自己的时间所剩无几。

你要知道，这些人不时也会认识到自己的损失。事实上，你会听到很多为巨额财富所累的人，在自己一群群的请托人中间，在法院答辩的时候，或是在承受其他光荣的苦难时，大声呼号："活不下去了。"当然活不下去了，所有呼求你为他们办事的人，都是在拖着你远离你自己。那个被告从你那里偷走了多少天？那个候选人呢？那个因为刚刚埋葬了自己的孩子而憔悴不堪的老妇人呢？那个为了激起遗产觊觎者的贪欲而隐瞒自己病情的人呢？那个留你这样的人在身边不是出于友谊而是为了炫耀有权势的朋友呢？听我说，把你的生命标记盘点一番，你会发现，只有极少一部分无用的残羹冷炙是留给你自己的。有人得到了自己垂涎已久的职位，然后又渴望将它置之一旁，不停唠叨："这样的日子什么时候是个头啊？"还有人觉得赢得举办竞赛的机会是个重大胜利，但一旦真正举办了，他又说："我什么时候能摆脱这些事啊？"那位发言人在罗马广场上被围得水泄不通，人群挤满广场，甚至延伸到了根本听不到他讲话声音的地方，但他说："什么时候能放个假啊？"每个人终其一生都碌碌无为，因渴望未来、厌倦现在而困扰不已。但那些将所有时间都用来满足自己需要的人，那些将每一天都当成最后一天来安排的人，既不会渴望也不会恐惧明天。现在任何一段时光还能给他带来些什么新享受呢？他已经尝试过一切，充分享受过一切，至于其他的东西，大可听凭命运安排。他的生活现在已经安然无虞了。没人能从这种生活中拿走什么，只能添加一些东西，就像是给一个已经吃饱喝足的人一些食物，他并不需要，但也能吃得下。所以，你一定不要因为一个人满头白发、满脸皱纹，就觉得他生活了很久。他并没有生活很久，只是存在了很久而已。如果一个人一离开港口就被卷进一场猛烈的风暴，一直被四面八方刮来的狂风吹得东倒西歪，在原地团团转，你会觉得他航行了很远吗？并没有，他只是被翻来覆去折腾了很久而已。

我总是会十分惊讶地看到，一些人要求别人付出时间，而被要求的人竟然给出最慷慨的回应。双方都想到了要求付出时间的原因，却从没想到时间本身，就好像是什么也没索取、什么也没付出一样。他们漫不经心地对待生命中最珍贵的东西。因为时间是无形的，没法摆在明面上检验查看，这一点欺骗了这些人，所以他们就把时间当成是便宜货，事实上是当成了几乎没有任何价值的东西。人们乐于付出自己的劳动力、提供支持或服务，以此换取养老金和报酬。但没人计算时间的价值，人们大肆挥霍时间，仿佛它毫无价值。而就是这同一拨人，如果死亡迫近，你就会看到他们向自己的医生祈求；如果他们畏惧死刑，你会看到他们愿意付出自己的一切来换取一条生路。这些人的情感如此前后不一。然而，假如我们每个人都能像清点已经过去的岁月一样清点未来的岁月，那么那些看到未来没剩下几年的人该有多么惊惧，他们又会多么小心谨慎地利用这仅剩的时间！而且，如果某个东西的数量是确定的，那么不管这个数量有多小，也很容易加以安排利用。我们需要更加留神保存的，是那些会在一个未知的时间点戛然而止的东西。

但你不要以为这些人不知道时间有多宝贵。他们通常会对一些自己挚爱的人说，要把自己的一些岁月献给对方。而且他们也的确会在不知不觉中献出这些岁月，但送出这份礼物时，他们失去的东西并不会加到对方身上。不过，他们事实上并不知道自己是否失去了什么，因此，他们就可以承受这些不自知的损失了。没人能让岁月逆流，没人能让你的人生复原如初。生命会沿着它开始前进的路线继续前进下去，不会回头，也不会放慢脚步。它不会引起任何骚动来提醒你它瞬息即逝，而只会安安静静地溜走。它不会因国王的命令或人民的喜爱而延长。它会像它第一天开始运行时的那样，一直运行下去，从不停留，从不转向。结果是什么？在生命匆匆向前的时候，你一直杂务缠身；当死亡降临之时，你别无选择，只能吞下苦果。

* * *

还有比自吹有先见之明的人更愚不可及的家伙吗？为了改善生活，他们煞有介事地忙忙碌碌，把生命花费在安排生命上。他们把目标放眼于遥远的未来。但拖延就是对生命最大的浪费，它偷走了来到你身边的每一天，用未来的承诺否定了现在。生活中最大的障碍就是盼望，它使人心系明日、忘却今朝。你正在安排的，都是在命运手里掌控的东西，而放弃的，却是你自己能掌控的东西。你在看什么？在为什么目标竭尽全力？全部未来都是不确定的，立即开始生活吧。听听我们伟大诗人的呼声，仿佛有神明在他耳边低语，使他吟诵出了这样良药苦口的诗句：

那不幸的凡人们啊，
生命中最美好的一天，却总是最先逃离。[1]

他的意思是说：为何迁延徘徊？为何游手好闲？如果你没有马上把它抓住，它就会悄悄溜走。甚至就算你真的伸手抓住了，它也还是会溜走。所以，你利用时间的时候，需要让自己的速度配得上时间飞快的脚步，你必须像从一条随时可能枯竭的激流中喝水一样快速。为了斥责那无休止的拖延，诗人已经说得很优雅委婉，不是“最美好的年华”，而是“最美好的一天”。不管你有多么贪得无厌，你为什么如此漠不关心，如此懒散拖沓（而与此同时，时间正在如此迅速地飞驰而过），把今后的几个月、几年都在自己面前拉成长长的一串？诗人告诉你的正是眼前这一天，正是这正在逃走的一天。

1 引自维吉尔《农事诗》。

所以，对于那些不幸的凡人来说，即那些每天杂务缠身的凡人，最美好的一天总是最先逃离，这还有什么值得怀疑的呢？当他们在精神上还只是幼童的时候，衰老已经赶了上来，所以他们面对衰老时毫无防备，手无寸铁。因为他们之前丝毫没有准备，猝不及防，不期而遇，没有意识到衰老早已一天天逼近。这就像是旅行者们因为在聊天、读书或是在进行一些深思而分心，在意识到自己正在接近旅途的终点之前就已经到站一样。生命那毫不停歇且高速疾驰的旅程也是如此，无论是醒着还是睡着，它的脚步都是一样，只有杂务缠身的人在这趟旅程结束时才会如梦初醒。

如果要把我的主题分成彼此不同的小标题并提供证据，我会找出许许多多的论据来证明那些杂务缠身的人会发现生命极度短暂。但法比亚诺斯（此人不是当今的学院派哲学家，而是那种真正的老派哲学家）曾经说过，我们必须以暴力而不是逻辑来对抗激情，只有强力进攻才能打破敌人的战线，而不能只是像针扎一样。因为恶习必须被碾碎，而不能只是戳两下。不过，为了让与之相关的人们可以因自己的过失而受到应有的谴责，不能只是放任他们迷失方向，必须加以教育。

生命可以分为三个阶段：过去、现在和未来。三者之中，现在十分短暂，未来不确定，过去已经定型。对于过去，命运已经失去了它的掌控力，不仅如此，任何人也无法再对它加以掌控。但这就是那些杂务缠身的人失去的东西，因为他们无暇回顾过去，而且即使他们能，回想那些他们以之为耻的事情也并不美好。所以，他们不愿意费心思考那些被浪费的时光，如果在回忆过往时会暴露出他们的恶习，哪怕是那些为一时之乐的光环所掩盖的恶习，他们也会不敢再重温往事。只有所有行为都通过了自我的审查，人们才愿意回顾过去，而这是没法自欺欺人的。那些贪婪时野心勃勃、傲慢时目中无人、胜利时不加节制、欺骗时背信弃义、掠夺时贪婪不止、浪费时挥霍无度的人，必然会畏惧自己的记忆。然而，过去，作为我们生命中的一个阶段，也恰是神圣的、独立的，它超然于所有人类的风险，挣脱了命运的摆布，欲望、恐惧、疾病都无法再侵扰它。没人能扰乱或是偷走我们的过去，那是一种不受干扰的永恒的所有物。对于现在，我们只能拥有当前的那一天、当前的那一分钟。但对于过去，所有的日子都听凭你的召唤，你可以随意扣留并审查它们，而这却是杂务缠身的人无暇去做的。只有宁静而无忧无虑的心灵，才能在生命中的全部阶段畅游无阻，而杂务缠身的心灵，就如同被套上了牛轭，没法回头看看身后。所以，他们的生命消逝在了一道深渊之中，这就像是无论把多少液体倒进一个无底的容器，都只是徒劳无功，不管给这些人多少时间，他们也无从安放，时间穿过他们心灵的裂隙和漏洞逃走了。属于现在的时间极度短暂，短到一些人根本意识不到，因为它一直在流逝，奔涌向前，它在到来之前停止，之后则像苍穹或星辰的运动那样从不耽搁，不会在原地止步不前。所以，杂务缠身的人只关注现在，而现在如此短暂，无法掌控，所以当他们卷入众多引人分心的事情时，现在也被偷走了。

简言之，你想知道为什么他们活不长吗？那么看看他们是多么渴望活得长吧。羸弱的老人祈求多活几年，他们假装比实际年龄更年轻，以此自我安慰，极力自欺欺人，同时也好似在愚弄命运。但是到最后，某种疾病来袭，提醒他们人终将一死的时候，他们又是多么惊恐万状地怕死啊，好似他们不是度过了生命，而是被什么东西横拖竖拽地从生命中拉出来。他们因为自己没有真正地生活过而感慨自己是个傻瓜，并说假如自己能从疾病中康复，就一定会从容生活。然后他们会反思自己之前获得那些从不会去享受的东西是件多么没有意义的事情，他们的一切辛劳都只是徒劳。但对那些远离所有这些杂务的人来说，生命必然是足够漫长的。没有一丝一毫被挥霍，没有到处散落，没有只是听凭命运摆布，没有漫不经心地流失，没有因胡乱慷慨而浪费，没有多余闲置，可以说，全部时间都得到了很好的投入。所以，不管这生命有多短暂，它都极其充实，因此无论死亡何时降临，智者都会以坚实的步伐毫不犹豫地坦然面对。

* * *

你可能想知道谁才是我所谓的杂务缠身的人吧？你一定不要以为我只是在说那些只有靠狗撵才能从法院中赶出去的人；那些在自己的支持者中被捧杀，或在别人的支持者中被轻蔑地击垮的人；那些社会义务迫使他们一出家门就急吼吼冲向别人家门的人；那些在裁判官标示拍卖的长矛下忙于钻营不光彩的利益，而自己有朝一日会身败名裂的人。一些人即使在闲暇时也是杂务缠身：在他们的乡间房舍中，在躺椅上，在独处时，甚至完全孑然一身时，他们都是自己最糟糕的伴侣。你不能说他们那是悠闲自在的生活，那只能叫无所事事的杂务缠身。你觉得，把自己那些因为某些收藏家的狂热而被哄抬到很高价格的科林斯青铜器以一种焦虑症般的精确度摆来摆去，把每天的绝大多数时间都花在这些锈铜片上的人，能算是悠闲自在吗？那些坐在摔跤场边（这真是我们的耻辱！这个困扰我们的恶习甚至都不是个罗马恶习），急切地注视着那些扭打在一起的少年们的人呢？那些把自己的驮畜群按照年龄和毛色双双配对的人呢？那些为新晋运动员提供生活费的人呢？还有，那些在理发店里花上好几个小时，只为了剪掉那些隔夜就会长出来的东西，为每一根毛斤斤计较，整理凌乱的发绺，把日渐稀疏的头发从两鬓拽过来盖住前额的人呢？假如理发师稍有不慎，他们就大为光火，好像理发师剃掉了一整个大活人一样！如果头发剪得不对，又或是发型不好，又或是没有垂成正确的发卷，他们会大发雷霆成什么样子！这群人里，有几个不是宁可看见自己的国家被蹂躏，也不想自己的头发被糟蹋？有几个不是更焦虑自己的脑瓜是否优雅，而不是焦虑它是否安全？有几个不是更在乎整洁而不是荣誉？你能说这些把时间花在梳子和镜子上的人是悠闲自在吗？还有那些忙于写歌、听歌、学歌的人，本来大自然设计的最好、最简单的声调就是直接发出来的，他们却偏要扭曲成最不自然的调调；他们总是在打响指，好像是在给自己想象中的旋律打节拍；甚至是出席一些最严肃通常也是最沉痛的场合时，你也能听见他们在给自己哼小曲。他们拥有的不是闲暇，而是好逸恶劳的消遣。至于他们的宴会，天哪，看看他们如何焦虑不安地摆放自己的银器，如何小心翼翼地为小厮系好外袍，如何提心吊胆地看厨子怎样料理野猪，一脸谦恭的奴隶如何一路小跑忙来忙去，如何用高超的技艺将禽鸟切成大小合适的小块，倒霉的小奴隶如何为醉鬼小心擦去口水。目睹了这些，我绝不会称这种宴会是悠闲自在的时光。通过这一系列的行为，他们给自己树立起所谓高雅和有品位的名声，而这种弱点延伸到了他们私人生活的所有领域，使得他们要是不夸张铺陈，就干脆不知道该怎么吃饭了。

还有一些人我觉得也算不上悠闲自在，这些人坐在轿辇上让人抬着到处走，总是很准时地出现在自己的座驾前，好像没了轿子就不会走路一般。还有些人，总需要别人告诉他们何时该洗澡、该游泳、该吃饭：他们自我放纵的头脑过于懒散，使得他们已经虚弱到自己都拿不准自己是饥是饱。我听说某个这么放纵自我的人（如果“放纵自我”这个词可以用来描述这种忘却人类一般生活习惯的人的话），当他被人从浴缸里抬出来放在轿子上的时候，他问：“我现在是坐下了吗？”你觉得这么一个连自己是不是坐下了都不知道的人能知道自己是不是还活着吗？能知道自己是不是还能看见东西，是不是悠闲自在吗？很难说我会因为他真的不知道而更同情他，还是会因为他装作不知道而更同情他。他们的的确确是忘了很多东西，但也确实会装作忘了很多东西。他们以某些恶习为乐，以此来证明自己的好运，似乎只有低贱可鄙的人才知道自己在做什么。看到这些人之后，再来看看你会不会指责那些哑剧演员胡编了很多细节来讽刺骄奢淫逸的行为吧！事实上，这些演员们演出来的东西，远没有真实发生的东西多，我们这代人里出现了这么多不可思议的恶行，表明在这方面我们真的是不乏人才，所以我们现在实际上应该指责哑剧演员们演得还不够到位。想想看，居然有人在奢靡中迷失到需要依靠别人来告诉他是否已经坐下了！所以这样的人并不是悠闲自在，你得给他换个形容词——他病入膏肓了，或说得更直白点，他已经死了，真正享受闲暇的人是知道自己悠闲自在的。这种人，只能说是个活死人，连他自己身体的姿势都要别人来告诉他，他还能对自己的时间有丝毫控制力吗？

要是逐个提及那些把一生时间都花在玩跳棋、打球、小心翼翼地晒太阳上的人，那未免太没意思了。那些必须全神贯注才能进行的娱乐活动不叫闲暇。例如，无可争辩的是，那些把时间花在无用的文学研究上的人是没事白忙活，即使是罗马人，现在也有一大群这样的人了。这原本只是个希腊人的缺点，比如想要搞清楚尤利西斯有多少个桨手，是先有《伊利亚特》还是《奥德赛》，这两本书是不是同一个作者写的，还有诸如此类的一系列问题。这种事情你自己在心里知道的话，并不能增进你的私人知识；如果你把它发表出来的话，会使你显得无聊而惹人烦，而不是更像一个饱学之士。但现在连罗马人也被传染上了这种对无用知识的不得要领的热情。最近我听到有些人宣布某件事是哪个罗马将军第一个做的：杜伊利乌斯是第一个赢得海战的将军；库里乌斯·登塔图斯是第一个在凯旋式中使用了战象。到目前为止，即使这些东西无助于真正的荣耀，至少也是和对国家的模范性服务有关。这类知识不能给我们带来任何好处，但我们会因为这些没头没脑的事实具有的吸引力而产生兴趣。我们也可以原谅那些钻研是谁第一个劝服罗马人登船的人。那是克劳狄乌斯[1]，因为这件事，他也被称为卡乌戴克斯（Caudex），因为古代管连接木质船板的结构叫 caudex。也是出于同样的原因，法典被称为 codices，时至今日，人们还是用颇有古风的名字来称呼台伯河上运输给养的小船，叫它们 codicariae。同样，知道瓦勒里乌斯·科尔维努斯是第一个征服麦西拿（Messana）的人也无疑有点意义，他是瓦勒里家族中第一个在姓氏里加入麦西拿的人，就是为了纪念占领这座城市，后来在日常口语中这个词的拼写逐渐被讹传为梅萨拉（Messalla）。你大概也会容许一些人认真对待“卢修斯·苏拉是第一个把狮子放出来在竞技场里展示的人”这件事吧，但其他时候狮子都是拴着锁链展示的，由博古斯王送来的标枪手杀死。了解下一件事可能也可以被原谅（但这真的有什么益处吗），那就是庞培是第一个让十八头大象在竞技场里亮相的人，他让无辜的人和这些

1 克劳狄乌斯，古罗马执政官，第一次布匿战争中首位罗马将领。——编者注

大象角斗。一国之主，据称应该是老一辈领导人中尤其善良的一位，竟然觉得用这种新奇的方式杀人是一个值得铭记的场面。“他们是斗到死吗？不够好。他们是被撕碎了吗？不够好。让他们被巨大无比的动物踩烂吧。”这样的事情还是被忘掉比较好，以免未来某个手握大权的人知道了之后，在这种惨无人道的事情上也不甘落于人后。唉，那伟大的繁荣盛世在我们的心灵上投下了什么样的阴影啊！在把那么多可怜人扔到来自海外的野兽面前时，在命令这些迥然不同的生物彼此战斗时，在罗马人民的面前制造这血流成河的场面、而后又迫使这些罗马人民自己流血时，他觉得自己超越了自然的法则。但之后他本人遭遇了亚历山大式的背叛，被一位最卑下的奴隶刺死，只有这时，他才意识到自己的姓氏（Great，拉丁文为 Magnus）不过是虚夸而已。

不过还是言归正传吧，继续讲讲一些人是如何在这类课题上徒劳无益地努力钻研的。我提到的那个人宣称，梅特卢斯在征服西西里的迦太基人之后凯旋时，成为唯一一个在战车前搞了一百二十头大象开路的罗马人，而苏拉则是最后一个扩展罗马城界[1]的人，按照古代惯例，只有获得在意大利的领土后，才能扩展城界，获得行省的领土则不行。知道

1 pomerium，指城市的宗教性边界。

这件事比知道下边这件事更好一些吗？根据此人的断言，阿文丁山之所以被排除在城界之外，应该是出于以下两个原因之一，一是因为平民撤到了那里，二是因为瑞摩斯在那里占卜时鸟占的结果显示那里不吉利。此外还有无数要么错误要么十分近乎谎言的理论。即使你承认这些人讲述所有这些事情的时候都是出于善意，即使他们能保证自己讲述的都是真的，那谁会因为这些事情而少犯一些错误呢？谁的激情会因此而受到约束呢？谁会为了这些事而变得更自由、更公正、更宽宏大度呢？我们的法比亚诺斯曾经说过，有时他会想，与其被这样的研究纠缠住，是不是还不如干脆别卷进任何研究里去。

在所有人中，只有那些把时间用在哲学上的人才是真正悠闲自在的，只有他们才是真正地活着。因为他们不仅细心照看自己的一生，而且还将每个时代都并入了自己的生命中。所有他们之前的岁月都被他们添加进了自己的岁月里。除非我们非常不知领情，否则所有那些神圣信条的伟大创立者，都是为我们而生的，都准备好要为我们指明人生道路。通过他人的辛勤耕耘，我们被引向那些能将我们从黑暗带到光明的事物面前。我们没有被排除在任何时代之外，而是可以进入所有时代，如果我们准备好以崇高的心灵跨越人类弱点的狭隘限制，那么将有大量的时光供我们漫游其中。我们可以和苏格拉底辩论，可以对卡涅阿德斯提出疑问，可以和伊壁鸠鲁共同经营退休生活，和斯多葛派哲学家们一起克服人类的本性，和犬儒派一同超越人性的局限。既然大自然允许我们和任何一个时代结成同伴，那么为什么不从时间短暂易逝的魔咒中解放出来，将自己全心全意地献给过去呢？那是无限而永恒的，可以与比我们更优秀的人共享的时光。

那些为社会职责而奔忙，既打扰自己又搅扰别人的人，他们兢兢业业地到处疯狂兜圈子，每天都要踏过每一家的门槛，不漏下每一扇敞开的大门，给彼此相隔数里的家家户户挨个带来自私的问候。在如此庞大、有如此多的欲望让人分心他顾的城市里，他们又能见到多少人？有多少人因为正在昏昏欲睡，或是沉迷于自己的事情，或是缺乏礼貌，而将他们拒之门外？有多少人在让他们痛苦万分地等待许久之后，假装有要事在身，从他们旁边匆匆而过？有多少人为了避开挤满请托人的大厅，而从秘密的小门逃走——好像欺骗并不比直接拒人于门外更失礼？有多少人宿醉之后半睡半醒，呆呆地打着哈欠，在别人低声提醒了无数次之后才勉强动动嘴唇，叫出那些牺牲了自己的睡眠时间来等别人睡醒的可怜人的名字？

你更应该认为，希望每天去拜访芝诺、毕达哥拉斯、德谟克利特、亚里士多德、提奥弗拉斯图斯等人以及所有其他通识研究的大宗师，希望成为他们最亲密的朋友，才是真正在履行有意义的职责。这些大师从来不会忙到没法见你，而他们的访客在离开时肯定会更加开心，更加专注于自身。大师们不会让任何人空手而归。他们无论昼夜，都在家里静候所有凡人的光临。

* * *

这些大师没有人会强迫你去死，但都会教给你如何死亡。他们没有人会耗尽你的年华，但每个人都会将自己的年华贡献给你。和他们任何一位谈话都不危险，和他们之间的友谊也永远不会致命，拜访他们也不需要昂贵的金钱。从他们那里，你可以带走一切你想要带走的东西，如果你没有拿够，那可不是他们的错。要是成为这些大师们的访客，将会有多么幸福美好的旧时光在等着你啊！你将拥有这么一群朋友，可以事无巨细咨询他们的意见，可以每天向他们请教关于自己的事情，他们会告诉你真相而不侮辱你，会表扬你而不溜须拍马，会给你提供可以用来塑造自身的榜样。

我们习惯说自己没有能力选择父母，他们是命运分配给我们的，但我们可以选择成为谁的孩子。在那些最高贵的智者的门庭中，选择你希望被收养的一家，你不仅会继承他们的名号，还会继承他们的财富。这财富也无须吝啬或勉强地加以看管：越是分享出去，它就越会增多。它们会给你一条通向不朽的路，把你提升到无人能及的高度。这是唯一延长尘世生命的办法，甚至能将肉体凡胎变成永生不灭。荣耀、纪念碑，那些野心家们通过法令授予的、在公共建筑中树立起来的一切，都会很快化为乌有。没有什么是时光的洪流不能铲除的，但时光无法摧毁哲学奉献出的作品，岁月无法将它们抹去，也不会使之减损。下一个时代，以及未来每一个时代，只会增添它们的荣耀，因为我们对触手可及的东西常有嫉妒之心，但对那些遥不可及的东西却不吝赞美。所以，哲学家的生命大大延长了，他们没有受困于其他人遭遇的界限。只有他们，超越了限制人类的法则，所有的年代都对他们奉若神明。逝去的时光，他们抓住，留在记忆之中；现在的时光，他们利用；未来的时光，他们期待。所有的时光组合在一起，赋予了他们长久的人生。

但那些忘记过去、忽视现在、恐惧未来的人，他们的生命非常短暂、充满焦虑。当他们的生命行将终结之时，这些可怜人终于意识到，自己拥有过的全部时光都花在一事无成的杂务上了，但这时才醒悟为时已晚。他们有时会呼唤死亡，但这并不能证明他们活得很长。自身的愚蠢给他们招来躁动不安的情感折磨，把他们一股脑甩进他们最恐惧的东西里。他们经常渴望死亡，是因为他们害怕死亡。他们总是感到白天太漫长，又或抱怨预定的晚宴时间来得太慢，这些也不能证明他们的生命很绵长。因为一旦他们没有杂事缠身，就会既无所事事又烦躁不安，不知道如何处置闲暇，也不知如何度过时光。所以他们急于找点别的事情来做，而所有中间的时间都让他们觉得厌烦不已。事实上，就像宣布一场角斗表演要开始，又或是期盼在指定的时间参加别的某些展览或娱乐活动一样，他们想要跳过中间的那几天。任何期待已久的事情出现耽搁，对他们来讲都是乏味的折磨。但实际上，欢愉的时光短暂易逝，而他们自己的缺点又让这时光变得更短。因为他们不断从一项娱乐活动奔向另一项，没法在一种欲望上稳稳停留。一方面，他们的白天并不长，但令人生厌；另一方面，他们用来酗酒、用来偷欢的夜晚，又显得多么短暂！因此才有了诗人们的异想天开，在故事中鼓励人性的弱点，说朱庇特被性爱的欢愉吸引，将夜晚的时间延长了一倍。当他们援引众神来背书，为我们的过失提供先例，并为众神的肆意妄为开脱的时候，这不是在助长我们的恶习还能是什么呢？对这些人来说，他们用这么高昂的代价换来的夜晚，难道不显得太短暂了吗？他们在等待夜晚来临时丧失了白天，而又在恐惧黎明将至时丧失了夜晚。

即便是快乐的时光也会使他们心怀不安，他们因为各式各样的恐惧而充满焦虑，在享乐的最顶峰，担忧的思绪夺占了他们的头脑："这样能持续多久？"这种感觉曾使得国王为自己的权力而悲叹，他们对自己巨大福分的喜悦，都抵不上一想到这福分不可避免会消失时产生的恐惧之情。那位最傲慢的波斯王[1]在广袤的平原上排开部队，人数多得难以胜数，只能大致估计。此时他却哭了起来，因为百年之后，这支大军中的人一个都不会活在世上了。而就是这个正在哀哭的人，将要给这支大军带来厄运，会让他们中的一些人葬身大海，一些人死在陆地；一些死于战斗，一些死于溃逃。他担心活不过百年的这些人，在极短的时间内就会因为他而被扫荡一空。

是什么让他们即使在喜悦时也如此惴惴不安？因为他们的喜悦并没有坚实的理由，而是被毫无根基地煽惑起来的。既然身居万人之上带来的喜悦大有缺陷，连他们自己都觉得不幸，那么你觉得他们度过的又是怎样的时光呢？所有最伟大的福分都产生忧虑，命运之神最值得信任的一点是她的公正。为了保住繁荣，我们需要另一次繁荣，为了支持已经实现的祈愿，我们需要再来一次祈愿。一切因运气而来到我们身边的东西都并不稳固，爬得越高，就越容易跌下来。更进

1 指薛西斯一世。

一步，注定要毁灭的东西是无法取悦任何人的。所以，假如一个人通过艰苦努力才获得的东西，必须靠更加艰苦努力才能守住的话，那么无疑，他的生命不仅会十分短暂，而且还会十分悲惨。他们费尽千辛万苦才得偿所愿，他们拥有的东西是通过殚精竭虑才能获得的，而与此同时，他们并没有将那一去不复返的时间考虑在内。新的杂务代替了旧的，希望煽动更多的希望，野心助长更大的野心。他们没有寻求终结自己的苦难，而只是改变了造成苦难的原因。我们发现自己享有的公共荣誉是种折磨，却把更多时间花在别人的荣誉上。我们不再费力充当候选人，却开始为别人拉票。我们摆脱了当控告人带来的种种麻烦，却又揽起了当法官的麻烦。有人不再当法官，却当起了法庭主持人。他管理别人的财产，以此挣得一份薪水，一直干到老年，之后却又把全部时间花在管理自己的财产上。马略从行伍生涯中解脱出来，却开始忙于充当执政官。昆提乌斯匆匆卸任独裁官，却又从归隐田园的状态下被召回原职。西庇阿在经验尚且不足的情况下被派去对付迦太基人。他战胜了汉尼拔，战胜了安条克三世，后来作为执政官也功勋卓著，并确保自己的弟弟也当上了执政官。如果不是他自己下了禁令，他的雕像会被安置在朱庇特旁边。但国家内部的不和一直困扰着这位国家的救世主，当他还是个年轻人时，他曾经轻蔑地拒绝那些只有众神才配获得的荣耀，等到他老了的时候，又极其固执地坚持自我流放，并自得其乐。焦虑总归是有理由的，要么来自繁荣，要么来自不幸。生命就是在接二连三的烦心杂务中继续，我们总是会渴望闲暇，但永远享受不到它。

* * *

所以，我亲爱的保利努斯，从人群中抽身而退吧，既然你已经历了比同龄人更多的疾风暴雨，那么最后应该退回一个安宁的港湾。想想你遭遇过多少大风大浪，一些是在私人生活中的，还有一些是在公共生活中被波及的。你的美德久为人知，你是勤勉的楷模，现在去试试如何在闲暇中保持美德吧。你生命中的大部分，自然也是最好的那部分，都已经献给了这个国家，现在把一些时间献给你自己吧。我不是邀请你懒散度日或无所事事，也不是要让你在睡大觉和那些对普罗大众来讲过于昂贵的消遣中消弭所有与生俱来的能量，不是要你躺倒休息。当你退休并开始享受心灵的安宁之时，你会找到比你所有的到目前为止花费如此充沛精力去从事的事情更重要的活动来忙。事实上，你要管理整个世界的账目，就像你管理别人的账目一样谨慎，像管理自己的账目一样仔细，像管理国家的账目一样认真。你在这个难免遭人恨的工作岗位上赢得了人们的喜爱，但相信我，理解自己生活的资产负债表，远比理解谷物贸易的资产负债表更有价值。你要从这份显然非常光荣但与幸福生活格格不入的任务中解脱出来，重新唤醒你那充满活力、特别能够担负起最大责任的心灵。你要想想，你年轻时在通识教育方面受过的所有训练，其目的其实并不是让人把成千上万次称量谷物的任务安全托付给你。你曾给自己许诺过更为高远宏大的东西。世上并不缺完全称职且勤奋的人。稳重的驮畜比纯种的骏马更适合载货，谁会用沉重的负担来折辱骏马那高贵的速度呢？再想一想你投身于如此重任的时候有多焦虑吧，你要应付的是人们的肚子啊。饿汉既听不进道理，也不会因公正的待遇心平气和，更不会因任何请求而动摇。就在最近，盖乌斯·恺撒死时仍在感到不安（如果死人也有感情的话），因为他看到罗马人还是挣扎在饥饿的边缘，只有七天或最多八天的粮食供给，而他正在用船建桥，玩弄帝国的资源。他死后几天之内，我们就面临所有苦难中最糟糕的那种，甚至对于被围城的人来说也是最糟的情况——粮食短缺。他模仿一位因骄傲自大而毁灭的疯狂的外国国王，这几乎给罗马城带来破坏、饥荒，以及随饥荒而来的全面崩溃。那么，那些负责谷物供给的人，在面对石头、武器、火焰以及盖乌斯带来的威胁时，又应作何感想呢？他们撒了弥天大谎，力图掩盖潜伏于国家要害之中的滔天大恶。当然，他们这么做也是情有可原。一些疗法只有在患者不知情的时候才能施行，因为一旦知道自己的病情，很多人可能就会死去。

你必须退而追求那些更宁静、更安全同时也更重要的东西。你认为这两样事情可以等量齐观吗？一个是你监督谷物转运至谷仓，确保它们没有因托运人的弄虚作假或粗心大意而损坏，小心不让它们受潮以及随后因热力而腐坏，还要保证数量和质量能对上账；另一个是从事神圣和高尚的研究，借此探讨神的实质、神的意志、神的生活方式、神的形态，研究有什么样的命运在等待你的灵魂，当我们的灵魂脱离肉体之后，大自然会将我们置于何处，是什么样的力量在中心支撑这个世界上所有最重的元素，又让轻元素悬浮其上，使火升至最高，让群星运转有序，并陆续研究其他充满伟大奇迹的知识。你真的要离开俗世，将自己的思绪转移到这些研究中去。趁现在还有一腔热血，你应该改弦易辙，全身心从事更好的事务。在这种生活中，你会发现很多值得你研究的东西：热爱并实践美德、忘记激情、关于如何生活和如何死亡的知识，以及平静安详的生活。

诚然，所有杂务缠身的人都很可悲，但最可悲的人甚至都不是被自己的杂务折磨，而是必须按照别人的作息时间来安排自己，必须时时与别人步调一致，在爱与恨这类本该是最为自由的事务上也要听凭他人的摆布。如果这样的人想要知道自己的生命会多么短暂，让他们反思一下，生命中属于自己的那部分比例有多小就行。

所以，当你看到一个人反复穿上官服，又或是他的大名经常在罗马广场上被人提起，那么不要嫉妒他，这些东西是以生命为代价换来的。为了能用他们的名字来命名某一年，他们得浪费自己一生的所有年头。生活让一些人在事业的起点苦苦挣扎，之后才能费尽千辛万苦挤到自己野心的高峰。还有一些人，在无尽的屈辱中匍匐前进后终于达到至高荣耀，却黯然神伤地发现，他们所有的努力为的只是一块墓志铭。一些人试图在垂暮之年调整自己重燃新希望，好像自己仍然年轻，但在努力到一半的时候发现年老孱弱的身体无法承担起重负。当一位老人上气不接下气地在法庭上为自己素不相识的诉讼代理人陈情，试图获得无知的看客的掌声时，该是一幅多么令人羞耻的景象啊！看到一个人在履行职责时倒下，与其说是因为劳累，不如说是因为自己的生活方式而疲惫不堪，这是多么令人不齿啊。当一个人在清理自己的账目时死掉，而他那期待已久的继承人却如释重负地露出笑容，这是多么不光彩啊。我不能不告诉你一个发生在我身边的例子。赛克斯图斯·图拉尼乌斯是个以勤俭著称的老人，当他九十岁时，盖乌斯·恺撒批准了他的退休请求。随后他让家人把他放在床上，然后聚起来哀悼，仿佛他已经死了一样。全家人都为老主人的闲暇而哀哭，直到他又恢复了以前的工作才停下。死在工作岗位上真的就那么开心吗？这是很多人的感受，他们在已经丧失了工作能力的时候还有对工作的渴望。他们和自己身体上的衰弱斗争，将年老视为一种苦难，这无非是因为年老会让他们被别人束之高阁。法律规定，五十岁以上不得从军，六十岁以上不得任元老。人们发现自己获得闲暇如此困难，居然得诉诸法律才行。与此同时，在他们互相劫掠、互相搅扰的过程中，他们让彼此都过得悲惨，他们的生命就这样流走了，没有满足、没有欢愉、没有精神上的进步。没有人不把死亡放在心上，没有人不把希望寄托在远方。诚然，一些人甚至安排了身后之事——巨大的坟茔，用来纪念他们的公共建筑、招摇的出殡、浮夸的下葬。但事实上，这种人的葬礼应该举着火把和小蜡烛，因为他们的生命其实是最为短暂的。

论心灵之安宁

塞雷努斯[1]：当我审视自己时，塞涅卡，一些恶习就会明明白白地浮出水面，触手可及。另一些藏得更深，还有一些并不总在那里，但会不时杀个回马枪。我要说的最后一种是最麻烦的，它们像是蹑足潜行的敌人，一旦时机合适，就会猛扑到你身上，使你既不能像战时那样严阵以待，也不能像和平时那般从容不迫。然而，我发现我最常有的状态是（我为什么不应该像对医生一样对你知无不言？），我其实一方面并没有摆脱那些令我恐惧憎恨的恶习，但另一方面也没有全然屈服。这使我陷入了一种虽然算不上是最糟糕，但也极度易怒且爱争吵的状态——我没有生病，但也并不健康。你无须对我说所有的美德都是开头难，会随着时间的推移慢慢稳

1 塞涅卡的一个朋友。尼禄执政时期的高级官员，塞涅卡很多留存于世的书信都是写给他的。

固强化。我也知道，那些为了给人留下好印象、获得雄辩的声誉而辛勤努力的人，例如那些想要爬上高位的人，以及所有依赖别人赞许的人，都要花时间才能成熟。无论是提供真正的力量，还是玩些涂脂抹粉的花招来哗众取宠，都需要等待数年，来让时间的流逝逐渐产生色彩。但我担心，习惯会让人对事物更加坚定，所以习惯会让这种毛病在我身上更根深蒂固，浸淫日久，使人不仅喜欢好东西，也爱上坏东西。

我没法一下子展示出这种精神弱点的本质，只能一点一点地揭露。这种弱点就是——在两种选择之间摇摆不定，并不能强烈地倾向于正确一方或错误一方。我会告诉你我身上发生了什么，这样你就能给这种痼疾起个名字了。我要承认，我是极其喜好节俭的。我不喜欢装饰夸张的沙发，也不喜欢从箱子里拿出来的衣服，或是衣服上用重物之类的东西强行压出的光泽，我喜欢家常、便宜的衣服，不喜欢那种平时小心收藏起来、穿上身时还要大惊小怪的衣服。我也喜欢不需要家务奴隶来准备、照看的食物。我不喜欢提前好多天就订好，或是需要一大堆人来伺候的东西，而是喜欢那些随时能买、做起来简简单单、不放任何稀奇或昂贵的配料，到处都能获取，对钱包和身体都不造成太大负担，不至于吃了之后会再吐出来的东西。我想要的仆人，是那种普普通通、没什么技能、本乡本土的。我的银器就是我那淳朴的父亲留下来的粗重之物，上面没有任何印记。我的桌子不要五花八门的闪亮装饰，也不要那种换过好几个追求时尚的主人，使得全城皆知的桌子，只要站得住、能用，不会让客人因愉悦而分散目光，也不会激起他们的嫉妒心就行。但是，当我建立起这套标准后，我又发现自己被一些仆役培训学校展现的精美虚饰搞得头昏脑胀，在那些学校里，奴隶们衣着精美，有金饰点缀，比公共游行队伍还漂亮，还有一整队光彩照人的仆从。在那种学校的屋子里，你甚至是走在宝石上面，每个角落都透出贵气，屋顶光芒闪耀，所有人恭恭敬敬地见证家族遗产的象征。我还需要提及围绕在晚宴贵客身边的清澈见底的水池，以及那和周遭一切交相辉映的筵席吗？在俭省了很久之后，我发现自己被豪华绚烂的东西包围，到处都是奢侈的回响。我的视线有些动摇，因为我的心灵比我的眼睛更容易应付这些东西。所以我回家时没变得更堕落，但变得更悲伤了。在我从自己那些微不足道的财产之间走过时，我的头抬得不那么高了，一种秘密的怀疑啃噬着我的心，问我这样的生活是否更胜一筹。那些东西没能让我改变，但那些东西都在让我动摇。

我决心追随我老师的理念投身国务，决意谋求公职，当然，这不是为了紫袍加身或为了执法吏的权杖，而是这样一来我就能更好地帮助亲朋好友，进而帮助我所有的同胞，帮助全人类。我热切地追随芝诺、克里安提斯、克利西波斯，顺便一提，这几位都没有投身公职，却都劝导别人去这么做。但当有什么东西对我那还不曾习惯遭受打击的心灵发起进攻时，当对我而言不值得去做的事情（每个人都会有这种经历）又或不能轻易解决的事情发生时，当一些无关紧要却又很耗时间的事情出现时，我又会遁入闲暇之中，或者就像疲惫的畜群一样，回家时的脚步比以往更快。我决心限制住我的生活，说："我不要让任何人从我这儿掠去哪怕一天，除非他能给我充足的补偿。让我的心灵只凝神关注自身、陶冶自身，不为外物所牵绊，不求他人认可。让它珍视这份安宁，不系于公私事务。"但当我读到令人信服的陈述、受到高贵典范的鼓励时，我的心灵就会被激发起来，渴望奔向罗马广场，代表某人讲话，为某人提供帮助，即便不能成功，至少也算是尝试过施以援手，又或是抑制了某些人因成功而滋长出来的那股傲气。

在我的研究中，我认为最好的办法肯定是牢牢抓住我的主题，围绕它进行发言，同时让主题决定我的话语，进而确定一种自然而不做作的演讲风格。我问道："为什么要创作出流传百世的作品呢？为什么不让子孙后代对你保持沉默呢？你早晚是要死的，一场默默无闻的葬礼麻烦事更少。所以如果你必须找点事做来打发一下时间，那就为了你自己的目的写点风格简约的东西，而不是为了发表而写。如果你的研究只是为了当下，那就不需要费那么大力气了。”然而，和之前一样，一旦我的心灵被伟大的思想抬升起来，它在遣词造句时就会变得野心十足，渴望让自己的语言和更高的灵感相匹配，于是就会产生一种符合主题的给人留下深刻印象的风格。这时我就会忘了我自己定下的规矩和谦抑克制的原则，被一种不再属于我自己的声音牵着去向过高的地方。

简而言之，我善意之中存在的这个弱点，无论方方面面都伴我左右。我担心我会越变越糟，或者说，更令人担心的是，我会像挂在悬崖边上一样随时有可能掉下去。可能事实比我自己能注意到的更严重，因为我们看待自身性格的视角总是过于亲密，自我判断时总是难免偏颇。我猜想，很多人如果不是自以为很有智慧，不是对自己性格中的某些部分讳莫如深，而又对另一些部分视若无睹的话，那么他们本来是能够获得智慧的。因为你没有理由认为，别人拍我们马屁带来的坏处，会大过我们自己拍自己马屁。谁敢对自己实话实说呢？那些被满嘴谄媚奉承的马屁精团团包围的人，哪个不是自己的头号马屁精呢？所以，我请求你，如果你能治疗这种精神上的反复不定，请把我看成值得给予安宁的人，赐我一份平静吧。我知道我这些精神上的躁动并不危险，也掀不起大风浪。用一个现实的比喻来表达我对你的这种诉苦的话，那就是——我现在不是受困于风暴，而是一直在晕船。总之，不管我得了什么病，把它根除掉吧，帮帮一个能看到陆地但还在海上挣扎的人吧。

* * *

塞涅卡：的确，塞雷努斯，我一直默默问自己，该拿什么来比喻这种精神状态，我能找到的最贴切的形容应该是久病初愈，但仍然不时有点轻微的头疼脑热。即便最后的症状也消失了，心里还是忧虑不安。所以虽然是好多了，但只要一感觉自己好像发烧了，就会朝医生伸出双手，同时来一通不必要的诉苦。这种人，塞雷努斯，并不是身体没完全治好，而是他们没完全习惯健康，打个比方，即使平静的海面也会涌起涟漪，更别说风暴刚刚过去了。所以，你需要的不是比刚刚结束的治疗更激进的疗法，不是在这里给自己添堵，在那里对自己发火，在其他什么地方严厉地威胁自己。你需要的是最终的康复治疗，是建立对自己的信心，坚信自己正在行正路，不要被那些和你轨迹相交的众多无望的迷路者带岔了道，尽管他们有些人偏离正道并不太远。但你所渴望的东西十分伟大、崇高，甚至近乎神圣，那就是无所动摇。希腊人把这种精神上的坚定不移称之为“euthymia”（即灵魂的完美状态，德谟克利特为此写过一篇好文章），但我叫它

“tranquillity”（安宁），因为没必要模仿并重复希腊词的形式，问题的关键一定是要找到某种术语来充分表达这种意思，而不在于因循某个希腊词的形式。所以，我们是在寻找怎么让心灵保持平稳和顺，安于自身，怡然自得，不会打破这种愉悦。保持这种和平的状态，而不会起伏不定，这就是安宁。让我们思考一下总体来说要如何做到这一点，然后你就可以从泛化的治疗方法当中挑出你自己喜欢的那种了。与此同时，要把全部问题暴露出来，这样每个人都会认识到自己在其中的责任。同时，你也会意识到，比起你的自我厌恶，那些被似是而非的宣言束缚住，顶着显赫的头衔操劳，与其说是出于渴望，倒不如说是因为羞耻而被自己的虚伪困住的人，他们的麻烦可是大多了。

那些因反复不定、穷极无聊、朝三暮四而痛苦的人，以及那些总是向往过去、对当下漠不关心的人，其实都是同一类人。还有那些像失眠症患者一样整天翻来覆去，不停折腾，直到单纯因为折腾累了才能安静下来的人。他们不断改变自己的生活状态，最后不是因为疲于再次改变才安定下来，而是因为老了，对新鲜事物比较迟钝了。还有些人，不是因为道德坚定才过着一成不变的生活，而是出于惰性，所以才没像自己期盼的那样过上反复不定的生活。事实上，这种痼疾的特点数不胜数，但总有一个共同结果——对自己不满。这种不满来自精神上的不稳定，也来自充满恐惧和不得餍足的欲望。当人们不敢或是不能得到所有渴求的东西时，他们能紧紧抓住的唯有希望而已。他们总是进退失据，反复不定，这是悬而未决的生活带来的无可回避的结果。他们挣扎着到处求告，训练并逼迫自己去做那些既不光彩又十分艰难的事情。当他们的努力没有得到回报时，徒劳无功的羞辱折磨着他们，他们后悔的不是自己的欲望有多邪恶，而是这欲望遭受了挫败。随后，他们对自己的尝试深感悔恨，又害怕再试一次，于是就丧失了信心，因为他们既不能控制欲望也不能顺从欲望，所以无法找到出口，心灵难以止歇；因为生活飘摇不定，让他们无法看清前路；因为灵魂耽于被遗弃的希望，停滞不前。当一个人因自己的艰苦努力遭遇失败，而满怀怨怼地退回闲散生活和私人研究中时，所有这些痛苦就会更加严重。那种生活对一颗渴望公职、热衷各种活动，并且因为显然缺乏内在智能而天性不安分的心灵来说，根本是无可忍受的。结果是，一旦那些大忙人丧失了从自己的实际活动中获得的乐趣，他们的心灵就不再能忍受家、独处、围着自己的四面墙，并厌恶看到这种与外界隔绝的状态。由此产生了无聊和对自我的不满、混乱不安的心境，使他们悲观沮丧，勉为其难地忍受闲暇时光。特别是当他们耻于承认造成这一切的原因，并让痛苦内化，使他们的欲望被困在弹丸之地无从解脱，而只能自我窒息的时候，问题就更为严重。由此产生了忧郁和怨叹，心绪百转千回，飘摇不定，因希望诞生而高扬，因希望破灭而沉沦。由此产生了憎恨闲暇、抱怨自己无事可做的心境，并咬牙切齿地嫉恨他人青云直上。无所事事会滋生恶念，因为他们自己无法壮大，便想要其他所有人全都灭亡。出于这种厌恶他人成功，而又对自己无法成功感到绝望的情绪，他们开始迁怒于命运，抱怨生不逢时，退缩到阴暗的角落里，对自己遭受的痛苦愤愤不平，直到对自己感到厌倦为止。因为人心本来就是活的，喜欢活动，乐于接受每个引起兴奋、带来消遣的机会，甚至会更欢迎所有那些被忙碌活动消磨却乐在其中的劣等特质。有一些身体上的疮痛反而渴望被手触摸，即便触摸会让它更疼。而恶臭的瘙痒之处却喜欢被抓挠，我觉得这就像欲望犹如恶疮一样破溃，反而在痛苦和恶化中感到快乐。因为有些东西在引起痛苦的同时，也能取悦我们的身体，就像翻个身转到还没躺累的那面去，或是不停换姿势来保持凉爽。所以，荷马笔下的阿喀琉斯一会儿脸朝下躺着，一会儿背朝下躺着，各种姿势换来换去，犹如一个病弱者，哪种姿势都撑不久，只能用辗转反侧来缓解不适。所以有人四海为家，漂泊在异国他乡的海岸线上，满世界试探自己有多不安分，总是对周围的一切感到厌弃。“我们现在去坎帕尼亚吧。”然后，当他们厌倦了奢侈时，又会说：

“我们去蛮荒之地看看吧，让我们探索一下布鲁提乌姆和卢卡尼亚的森林。”他们骄纵的眼睛能从这些地方乏味而肮脏的风景里找到调剂，然而这种身处荒野的乐趣也在逐渐消失。“我们去塔林敦吧，那里有远近闻名的港口，冬天也很暖和，即便在古代也非常繁华，人口众多。”“我们现在去城里吧。”他们的耳朵已经很久没听到过掌声喧哗了，现在连看到人鲜血四溅都会感到开心。他们走了一程又一程，换了一处又一处。正如卢克莱修所说：“于是每个人都总在逃离自我。”但如果人根本没法逃离自我，那到什么时候才是个头呢？他追逐着自己、纠缠着自己，好像自己是最乏味的伴侣。所以我们必须意识到，问题不是哪个地点不好，而是我们自己不对劲。我们太软弱，没法长期忍受痛苦、愉悦，忍受我们自己或是任何东西。这种弱点把一些人送上死路，因为他们不时变换目标，所以总是跌回原点，不给自己留下任何能感受到新奇的空间。他们开始厌倦生命，厌倦世界本身，从他们那无精打采的自我放纵中，产生出了一种感觉——我还得面对同样的东西多长时间？

* * *

你想知道我有什么办法可以推荐给你，来医治这种无聊。如阿忒诺多鲁斯所说，最好的办法是让自己忙于参与政治和公民义务的实际活动。就像有些人愿意晒一整天日光浴，锻炼并保养自己的身体一样，对运动员来说，最实际、最重要的事情就是把绝大多数时间花在锻炼四肢力量上，专注于此。而对你，一个训练自己的头脑来参加公共生活中的竞赛的人而言，目前最好的办法就是定期进行实践活动。对于一个打算对公民和同胞有所助益的人来说，如果他全身心投入照管社区和个人的职责中去，那他就既是在实践中训练自己，又是在行善了。“然而，”阿忒诺多鲁斯说，“由于人的野心如此疯狂，这么多的诬告者颠倒黑白，使得诚实的人变得不安全，注定到处碰壁而不是获得襄助，所以事实上，我们应该退出公共生活和政治领域。不过，伟大的灵魂即使在私人生活中也有自由活动的空间。像狮子之类的动物，它们的精力都会被笼子限制住，但人不是这样，人最伟大的成就都是在退休之后取得的。然而，如果一个人不管在哪儿退隐，享受清闲，都随时准备好用自己的智慧、话语和忠告来服务个人或全人类的话，那么就让他退隐好了。为国家服务不只是局限于那些竞选公职的人、在法庭上为人辩护的人、投票表决是否宣战的人。教书育人的人（我们奇缺优秀的教师），抑制并阻止人们疯狂奔向财富与奢华享受的人（或至少能拖延他们一下），这些人也是在提供公共服务，尽管是通过私人生活提供的。那些裁定外国人和罗马公民之间的案件，向上诉人宣告参审官意见的裁判官，和那些宣告正义、虔诚、坚忍、勇气、对死亡的蔑视、众神的知识、‘出自良知的祝福是多么自由’等问题本质的人相比，你觉得前者会更有益处吗？所以，如果你把从公共事务中抽身而出的时间，都投入你的研究上，那并不是在舍弃或逃避你的职责。因为不是只有挺立在战线上保卫两翼的人才叫士兵，那些守卫站岗、保卫军火库的人，尽管他们的岗位没那么危险，但也不能懒散以对，这些人也是士兵。这些职务尽管并不流血，但也是军务。如果你投入研究中，你会避免所有生活中的无聊。你不会再因为厌倦白昼而渴望夜晚。你既不是自己的负担，也不是对他人无用的累赘，你会吸引很多人成为你的朋友，那些最优秀的人会聚集在你周围。因为，即使是晦暗的美德也没法隐藏，总会露出明显的证据，任何配得上这种美德的人，都会追寻它的踪迹。但如果我们彻底避世，抛弃人类，离群索居，那么伴随这种没有任何乐趣的孤立状态而来的，就是缺乏有价值的活动。我们会开始盖房子，再拆房子，拦住海水，再从人工渠取水，胡乱浪费掉大自然供我们使用的时间。我们当中，一些人十分俭省地使用时间，另一些人则虚掷时光；一些人知道自己的时间都花在哪儿了，另一些人的时间则花得无迹可寻——这是最可耻的。经常会有那种非常老的人，除了他的岁数之外，根本找不到其他能证明他漫长人生的证据。”

我亲爱的塞雷努斯，对我来说，阿忒诺多鲁斯似乎太轻易地向时代屈膝投降，退隐得太快了。我不否认，人有时候必须让步，但应该是逐步退隐，坚持我们的原则和作为士兵的荣誉。和敌人签订条约时，那些仍然全副武装的士兵，比手无寸铁的士兵要更安全，也更受重视。我觉得，这就是美德以及美德的信徒们应该做的，如果命运把一个人压倒，让他丧失了行动的手段，那么他不应该立即转身跑开，丢下武器找地方躲藏（就好像真能躲到一个命运找不着他的地方似的），而是应该更审慎地履行职责，仔细挑选为国家服务的事情来做。如果不能再当士兵的话，那就去从政；如果必须回归私人生活的话，就去当辩护人；如果不得不保持沉默的话，那就用无声的支持帮助自己的公民与同胞；如果连出现在罗马广场上都有风险的话，那就在私宅、演出、宴席上当一个好伴侣、一个忠诚的朋友、一个心平气和的赴宴人；如果丧失了公民的责任，那就履行好做人的责任。有了高尚的精神，我们就不会自限于一城之内，可以走出去和全世界打交道，把全世界都当成我们自己的国家。如此一来，我们可以赋予我们的美德以更广阔的行动领域。如果你被剥夺了在司法部门任职的权利，公开演讲和竞选的大门也在你面前关上，那么考虑一下所有在你身后敞开的广阔地区以及所有人民吧。禁止你入内的区域，永远不会大过仍对你开放的区域。但是要当心，别让这一切完全变成你自己的错。比如，除执政官、主持人、传令官、苏菲特外，其他公职你一概不想当。如果你当不上将军或军团长官，就不愿意从军吗？即使有其他人担当了一线职务，你却运气不济，只能被放在老兵的位置上，那你也必须用你的声音、你的激励作用、你的榜样力量和你的精神，来扮演好一个士兵的角色。即便一个人的双手被砍掉，他依然可以屹立不倒，鼓舞同伴，以此履行自己的职责。你应该做的就是这样的事情。如果命运把你从公共生活的领导位置上拿下来，你仍要挺立，为他人助威。如果有人扼住了你的咽喉，你也要屹立不倒，提供无声的帮助。一位良好公民绝不会毫无用处，在被听到、被看到时，他可以用一个表情、一个点头、一次坚定的沉默，甚至是自己的步态来提供帮助。就像某些有益健康的物质，甚至不用尝、不用摸，只要是闻到味道都会对我们有好处一样，美德即使深藏在僻远之地，也会散播它的优点。无论是在光天化日之下从事正当合理的事业，还是被迫卷起船帆偃旗息鼓，要经人勉强同意才能露面；无论是被限制在狭小的地方，不能动弹也不能说话，还是充分彰显于世，在任何一种情势下，美德总是有益于人的。凭什么会认为一个光荣退休的人不能成为有价值的榜样呢？因此，最佳的方针是——当运气或国势不佳，从而没法过上那种完全积极的生活时，就将闲暇和一些活动结合起来。因为无论何时，总有道路通往某种形式的光荣活动，不会条条道路都走不通。

* * *

还有比被三十僭主撕裂的雅典更不幸的城市吗？这些人杀掉了一千三百名最优秀的公民后，仍不肯收手，而是在极度的残暴本能驱使下继续屠杀。在这座设有最神圣的法庭战神山议事会、议事会以及与元老院类似的公民大会的城市里，每天都有一小撮邪恶的刽子手在活动，那不幸的议事会的所在地挤满了僭主。一个僭主和侍从一样多的国家，能够维持和平吗？连恢复自由的希望都没有，也没有能向这些有权有势的恶棍报复的明显时机。这么个可怜的国家，上哪儿去找足够多像哈莫迪乌斯一样的人物呢？然而，苏格拉底却深陷其中。他安慰那些阴郁沮丧的城中父老，鼓励那些对国家感到绝望的人，斥责那些因自己的财富而害怕的富人，他们对自己那危险的贪婪悔之晚矣。对那些愿意效仿的人，他走到哪儿都是活生生的激励，是三十僭主时代的自由精神。但正是这个人，被雅典人杀死在狱中，自由之神无法容忍这位曾经公开嘲讽一众僭主的人拥有自由。所以你可以理解，在一个遭受灾难的国家，贤者有机会展现自己的影响力，而在一个欣欣向荣的国家，贪财、嫉妒以及其他千万种非人的恶行却会大占上风。因此，我们应该根据国家的安排和命运之神允许我们拥有的自由程度，来扩大或收缩我们的活动范围。但无论发生了什么事情，我们都要振作起来，不要让恐惧攫住我们，不要被吓得动弹不得。在刀兵四伏的危境之中，既不会无谓赴险，也不会隐匿自己的勇气，这样的人才是男子汉。因为自我保存并不代表一定要压抑自我。诚然，我相信库里乌斯·登塔图斯曾说过，他宁可真的死去，也不要像行尸走肉一样活着。因为最可怕的事情莫过于在死前就已经脱离了活人的行列。但如果你恰好生活在一个政治环境艰难的时代，那你就必须把更多时间花在闲暇以及文学研究上，就像在进行一场危险的航行一样，不时寻找避风港，不要等到公共生活把你开除，而是要先主动让自己解脱。

然而，我们必须首先仔细审视自我，然后再来审视我们要去尝试的活动，最后审视我们是为了谁，和谁一起来尝试。

首先就是要先评估一下自己，因为我们经常会高估自己的能力。有人因为过于相信自己的口才而陷入悲伤；有人对自己的命运苛求，超过了它的承受能力；有人用繁重的劳动过度剥削自己那虚弱的身体；有人太腼腆，不适合从政，因为从政需要看上去大胆无畏才行；有人过于粗鲁，不适合宫廷生活；有人控制不了自己的怒气，一觉得心烦就会口不择言；有人管不住自己的机灵劲，总是忍不住说些机敏但危险的俏皮话。对这些人来说，退隐都比继续从政更可取。天性热情但缺乏耐心的人，必须避免一受激惹就直言不讳、祸从口出。

然后我们必须评估一下我们想要尝试的实际事务，看看我们的能力和将要从事的事情是否匹配。做事的人总要能压住要做的事才行。若是负担过重，那么就会压垮负重的人。更进一步，有的任务与其说是重大，倒不如说是多产，因为它会衍生出很多其他任务。我们必须避开那些会反过来滋生多种多样的新活动的事情，不要轻易涉足那些不方便抽身而退的事情。你必须只做那些你能完成，或者至少希望能完成的事情，远离那些越搞越大、想停的时候根本停不了的东西。

我们在选人的时候一定要特别谨慎，要判断一下我们值不值得将生命中的一部分投入他们身上，要判断牺牲我们的时间能否对他们产生影响。因为有那么一些人，我们给他们服务，他们还会反过来问我们收钱。阿忒诺多鲁斯说，他甚至不会和一个不领情的人一起吃饭。我觉得你已经意识到了，他更加不愿意拜访那些帮了他忙的朋友，他却只请吃一顿饭的人，这种人还把请的这顿饭当作是慷慨之举，好像自己付出的已经超过了别人一样。如果没有见证人和旁观者的话，私下里大吃大喝也是没什么乐趣可言的。

你必须考虑一下，自己的天性是更适合实际活动，还是安静的研究与思考。你要顺应你的天赋和性情的方向来发展。伊索克拉底强行将埃福罗斯从罗马广场拖走，认为他还是去写历史比较好。强扭的瓜不甜，与天性作对只能是一场徒劳。

但是，没有什么比深刻而忠诚的友谊更令人欣喜。要是有这样的朋友该是多大的福分啊。他们愿意聆听你的所有秘密，却不会给你带来什么风险。你和他们分享一些事情，比让事情憋在自己心里更轻松。他们的谈话会抚慰你的沮丧，他们的建议会帮助你下定决心，他们的鼓励会消解你的悲伤，他们只要出现在面前，就能激励你振作起来！当然，我们应该尽量选择那些没有强烈欲望的人，因为恶习会不声不响地暗中传播，接触最多、离得最近的人，就最容易被侵染。这个道理就好比，在传染病流行时期，我们必须注意不要坐在那些感染了热病的人身边，因为我们不能以身试险，让他们的呼吸吹到我们身上。所以在择友时，我们也要注意去寻找那些品格最不败坏的人。健康的人和生病的人混在一起，瘟疫就是这么开始传播的。但我不是要让你只和贤者在一起，禁止和其他一切人来往。因为我们已经苦苦寻找贤者很长时间了，你上哪儿去能轻易找到这么个人呢？退而求其次，我们要去找最不坏的。如果你是在寻找柏拉图们或色诺芬们，又或是在所有苏格拉底的门徒当中寻找好人，那可就是再好不过了。又或者是小加图的时代也行，当时诞生了很多无愧于那个时代的人。(不过也诞生了许多比所有其他时代更坏的人，这些人犯下了骇人的罪行。对于小加图的功绩，这两类人都必不可少。他需要那些好人，来赢得他们的支持；他也需要那些坏人，来证明自己的力量。)但是，在现在这么一个好人匮乏的情况下，你在做选择时就不能那么挑三拣四了。你还要特别避开那些愁眉苦脸、唉声叹气，不放过一个机会来抱怨的人。尽管这种人的忠诚和善良可能无从质疑，但一个对任何事情都焦虑不安、呻吟哀叹的伴侣，只能破坏你心灵的平静。

* * *

我们再来说说私人财产这个人类不幸的最大源泉。如果你把其他所有让我们难受的事情，比如死亡、疾病、恐惧、欲望、忍受痛苦和辛劳，和金钱给我们带来的罪恶比较一下，你会发现金钱远远胜过其他。所以我们要牢记，本来就没钱的痛苦要比有了钱又失去的痛苦小很多。我们要意识到，能失去的东西越少，带给我们的痛苦也就越小。如果你觉得富人更能忍受痛苦，那你可就错了。最高大的身体和最矮小的身体，伤口都是一样疼的。古希腊诗人比翁做过一个巧妙的比喻，他说对头发稀疏和头发浓密的人来说，拔头发是一样痛的。同理，富人和穷人感到的痛苦也是一样的。他们都是紧抓着自己的钱不放，如果钱被拿走，就会感到难受。但是，正如我说过的，比起失去，一开始就没得到的话，反而会更容易忍受一些。所以你会发现，那些从没受过命运之神垂青的人，会比命运之神宠爱过又遗弃的人更开心一些。拥有伟大灵魂的第欧根尼意识到了这一点，所以他过着那样的日子，使得别人没法从他身边拿走任何东西。你可以管这种状态叫穷困、赤贫、匮乏，或是给这种不受身外之物牵绊的自由状态随便起一个你喜欢的蔑称。如果你能给我找到另一个像他一样没什么东西可以失去的人，我就不会说他是幸福的。如果我没搞错的话，他是唯一能置身于所有吝啬鬼、骗子、强盗、绑匪之中而不受害的人，这地位至尊无上。如果任何人对第欧根尼的幸福有疑问，他就相当于是在怀疑不朽众神的状态。众神会因为没有房产、公园，没有租给外国佃农的昂贵农场，不会在罗马广场上收到巨额的利息，所以就过得不幸福吗？你们这些迷醉于财富的人，不该为自己感到羞耻吗？来吧，看看天国，你会看到众神身无长物，尽管自己一无所有，却能赐予他人一切。你觉得，一个抛弃了命运送来的所有礼物的人是贫穷的，还是说他像不朽众神？德米特里乌斯是庞培的释奴，他不因为自己比庞培更富有而感到羞耻。你能说他因此就会更幸福吗？他习惯于每天清点自己的奴隶，就像是将军在检阅军队。这之前，他曾经觉得有两个下等奴隶和一间宽敞点的小屋就算是有钱了。而当第欧根尼听说自己唯一的奴隶逃走了的时候，他一点都不觉得值得费力气把他找回来。他说："如果马尼斯没了第欧根尼能活下去，而第欧根尼没了马尼斯却活不下去的话，那不是太丢人了吗？"我认为他的意思是："管好你自己的事，命运之神，第欧根尼现在没有任何从你那儿得来的东西了。我的奴隶逃跑了，不，是我自己逃出来获得自由了。"一家子奴隶需要吃穿，要让这么多贪吃的家伙填饱肚子，给他们买衣服，防止他们顺手牵羊，他们服务的时候脸上还带着泪水和诅咒。最幸福的事情莫过于除一个最容易拒绝的人以外，不欠任何人东西，而这个最容易拒绝的人就是自己！但既然我们没有那么强大的意志力，那就至少必须缩减我们的财物，这样就不那么容易暴露在命运之神的打击之下。一个能钻进盔甲里边的人，要比一个肉从盔甲里鼓出来、因为块头过大而全身满是破绽的人更适合作战。所以，理想的金钱数额，是既不会陷入贫困，又不会超出太多。

此外，如果我们之前已经奉行节俭的话，就要满足于这种限度。如不节俭，无论多少财富都不会觉得足够，都不会觉得充裕。特别是补救措施就在眼前：只要奉行节俭，贫穷也能变成富裕。让我们习惯于戒除铺张，用功能性价值而不是炫耀性价值来衡量事物。让我们吃东西就是为了解除饥饿，喝水就是为了止渴，性就是为了满足爱欲。让我们学会依靠自己的四肢，调整衣着样式和生活方式，不为了追赶时髦，而是遵从祖先的习俗。让我们学会增强自我约束力，遏制奢侈，节制野心，克制愤怒，不加歧视地看待贫穷，即便很多人觉得丢脸，也要践行节俭，用可以便宜获得的方式来满足自然的需求，像戴上镣铐一样，遏制无法无天的野心以及痴迷于未来的心灵，力求通过自己，而不是靠命运眷顾来致富。人本来就不可能将生活中所有各种各样的不公平的灾难全数击退，就好比雄心勃勃扬帆远航的人会遭到暴风雨的袭击。我们必须节制自己的活动，这样命运之神的武器就会脱靶，因此，流放和灾祸最终也会对我们有益处，受小灾可以避大难。当心灵不那么容易听进去教导，不能被比较温和的方式治好时，为什么不可以用贫困、耻辱和一般性的毁灭作为一剂猛药以毒攻毒呢？所以，让我们习惯于在没有那么多人的情况下用晚餐，少奴役一些奴隶，只为适当的目的购买服装，居住在更小一点的地方。不仅仅是在赛跑或竞技场的竞赛中，而且是在人生的赛道中，我们也必须始终保持在内圈。

尽管为学习研究而支出是最值得的，但支出的正当与否仍然要取决于是否适度。假如一个人拥有数不清的图书和图书室，而他穷其一生甚至都没粗略读完这些书的标题，那又有什么意义呢？海量的图书给学生带来的是负担，而没有真正地给他指导。所以，专注于有限几位作者的作品，要比在众多作者之中迷失方向好得多。亚历山大图书馆有四万册图书被烧毁，还有些人会称赞它是王室财富的豪华纪念碑，例如提图斯·李维，他说这是国王们高尚品位和奉献精神带来的显赫成就。这不是高尚品位或奉献精神，只是学术上的自我放纵。事实上，甚至都不是学术上的，因为他们收集这些图书不是为了学术研究，而是为了炫耀。同理，你能发现很多甚至连基本文化知识都不具备的人，会把书当成宴会厅的装饰品而不是学习的工具。所以我们应该买足够使用的书，但如果只是为了装点门面，那就一本也别买。你会说："但是，比起买科林斯青铜器和绘画作品来糟蹋钱，这是更可敬的支出。"可是，在任何领域过度消费都是该受谴责的。你能原谅一个这样的人吗？他收集香橼木和象牙制成的书柜，囤积寂寂无名或是三流水平的作者的作品，然后坐在他拥有的这几千本书中间大打哈欠，差不多完全只是为了书的外观和标签而洋洋得意。于是乎你会看到，最无所事事的人拥有一套套的演说集和历史书，多到汗牛充栋。而今，一座高雅的图书室，竟然和冷热水浴室一样，成了家里必不可少的装饰品。我当然会原谅那些因过度热爱学习而误入歧途的人，但这些天才们的作品集，以及他们的几幅画像，都只是为了装点墙面才买的。

* * *

但是，你可能已经遭遇了人生中的一些艰难境况，此时无论公私领域，都在不经意间给你收紧了套索，你既无法松脱，也没法挣断。你必须想一想，披枷戴锁的囚犯只是在一开始能感受到脚镣的重量，时间一长，当他们决定不再反抗脚镣，而是忍耐它的时候，他们就从必然性中学会了坚忍，从习惯中学会了从容。如果你已经做好准备蔑视你的烦扰，不因这些东西而沮丧，那么在生命中的任何境况下，你都能找到欢乐、消遣和愉悦。我们最应该感谢大自然的事情莫过于此，因为它知道我们要生于何种苦难中，于是就设计出了这样的天性来抚慰我们遭遇的苦厄，让我们在面对最糟糕的祸事时，也能习惯得如此之快。如果灾殃持续袭来的强烈程度和最初落到我们身上时一样的话，那么没有人能经受得住。我们都被命运之神束缚着，只是有些人是被金锁链松松地捆着，另一些人是被材质更低贱的金属锁链紧紧地捆着。这又有什么区别呢？我们都是同样的俘虏，那些束缚了他人的人，自己也是被束缚着的，除非你会觉得铐住别人的链子更轻一些。一些人被高高在上的官位束缚，另一些人被财富束缚；一些人被良好的出身压垮，另一些人则受困于卑微的出身；一些人因其他人的控制而折腰，另一些人则受困于自己的控制；一些人因流放而被困在某地无法离开，另一些人则因神职身份而不得不待在同一个地方；众生皆受奴役。所以，你必须习惯自己的环境，尽量不要去抱怨，而是抓住环境能提供的一切优势。只要有一颗坚定的心，不管在多苦的环境中总归能找到一些慰藉。通常，即使是小小的区域，也能巧妙地划分空间来满足许多用途，良好的安排可以使窄小的土地变得宜居。想办法来克服困难，艰苦的条件就可以改善，有限的条件就可以扩展。对于那些懂得如何承受的人，沉重的负担也可以减轻。此外，我们一定不要让欲望变得好高骛远，而是要探寻触手可及的东西，因为欲望是不能被完全限制住的。放弃那些不可企及或是难于获得的东西吧，让我们追求那些易于得到、能激发希望的东西，但也要意识到，所有这些东西都是一样的微不足道，外在的样貌可能千变万化，但内里都是一样的徒劳无益。不要嫉妒比我们站得更高的人，那些看似傲然耸立的高位，其实是断崖绝壁。与此同时，那些被不公正的命运扔到严酷环境中的人，如果能在原本值得骄傲的事情上放谦虚，尽可能低调处事的话，那就会更安全一些。事实上，有很多人不得不紧紧抓住自己所处的顶峰位置，因为他们除了掉下来，已经没有办法安全落地了。但他们必须接受的是，自己不得不成为别人的负担，这件事本身就已经是他们最大的负担。他们与其说是升到了高处，倒不如说是被钉在了高处。但公正、温和、善良、慷慨，这些品质可以帮他们打造针对未来灾祸的众多防线，使得他们有希望安全坚持下去。但是，要想将我们从精神上的摇摆不定中拯救出来，最有效的办法莫过于为我们的进步设一些限制，不要听凭命运之神来决定什么时候好运会结束，而是要远在运气用光之前，由我们自己来决定收手。这样一来，我们会有一些能激发心灵的欲望，但这欲望又有节制，不会把我们引向失控的不确定状态。

我说的这些适用于那些有瑕疵、平平常常、不十分健全的人，而不是智者。智者行走于世，不需要紧张万分、战战兢兢，因为他有自信在面对命运之神时不会犹豫不决，也不会有所妥协。他没有理由惧怕命运之神，因为他认为，不仅是自己的财物、地位，甚至自己的身体、眼睛、手，所有使生命变得更珍贵的东西，甚至他自身，都是靠命运之神默许才得以存在的。他生活得就好像自己是借给自己的一样，一旦命运有所要求，就注定要毫无怨言地偿还这笔债。但他也不会因此看轻自己，因为他知道他并不属于自己，而他会像虔诚的圣徒守护一切托付给他们的东西一样，小心谨慎地对待一切。当命运之神要求他偿还这笔债的时候，他不会抱怨，而是会说："我为之前拥有和保留过的一切东西而感谢你。我照看你的财产，为我自己赢得了巨大的收益，但应你的要求，我以充满感激和善意的心交出并放弃它们。如果你还要我保有任何你的东西，我都会妥善收好，如果你不想这样，那我就把我的银币、银盘、房屋和家庭都还给你。"如果大自然想要拿回之前托付给我们的东西，我们也应该对她说："拿走我的灵魂吧，它比你赐给我的时候更好了。我不会斤斤计较，也不会拖延退缩。我愿意让你立即得到你在我获得意识之前给我的东西，拿去吧。"回归你的原点，这有什么害处呢？那些不知道如何安然死亡的人，会活得很糟糕。所以，必须首先剥除我们给生死定下的价值，把生命的气息看成一种廉价之物。

用西塞罗的话来说，我们讨厌那些不惜一切代价只求保命的角斗士，我们青睐的是公然蔑视生死的角斗士。你必须意识到，对我们而言也是同样的道理。通常，死亡的原因正是因为害怕死亡。常常戏耍我们的命运女神说："我为什么要让你继续苟活呢，你这卑贱而糟糕的造物？你不愿意引颈就戮，那就只能遭受千刀万剐。但如果你勇敢地迎接刀剑，不缩回脖子，不伸手推挡，那么你既能活得更久，又能死得更轻松。”畏惧死亡的人永远做不了任何值得活人去做的事情。但如果一个人知道这是在他诞生之时就为他定下的条件，他就会按照这条件生活下去，与此同时，他的心灵就会得到与之类似的力量，使得任何事情都不会让他措手不及。将任何可能发生的事情都看成将要发生的，他就会减弱所有麻烦事的威力。这些事情，不会让已经做好准备静待其到来的人吃惊，却会重重砸在那些一心期望一切事情都会顺遂心意的粗心大意的人头上。

疾病、牢狱之灾、灾害、大火，这些都不是始料未及的，我知道大自然将会用多么狂暴的东西来包围我。我的邻里们曾多少次为死者哀叹，多少次举着火炬和小蜡烛走过我的门口，为早夭的人举行葬礼。建筑物倒塌时的轰鸣也经常回响在我身边。很多和我通过罗马广场、元老院以及每天谈话而结识的人，一夜之间被带走，斩断了曾经紧握的友谊之手。假如这些一直在我周围咆哮的灾厄有朝一日降临在我的身上，我会大吃一惊吗？有无数的人在计划航海的时候根本没考虑过暴风雨的存在。我不会因为引用了一个糟糕作者的一句妙语而感到羞耻。当普布利乌斯不写那些荒诞的哑剧，不用那些粗鄙之词的时候，他能展现出比悲剧和喜剧作者更强的智慧之力。他提出的很多思想比那些悲剧更有冲击力，更别说滑稽戏了。其中有这么一句：“能发生在一个人身上的，就能发生在所有人身上。”如果你让这种观念深深印刻在骨子里，并将所有其他人的灾难（每天都能出现好多）也视为一条明确通向你自己的路径，那么你就能在你自己遭到侵袭之前很久就全副武装做好准备。当危险已经出现时，心灵才想到要武装自己，那就已经来不及了。

“我以为不会出事。”“你之前觉得会变成这样吗？”为什么就不会？有哪种富贵的后面没有伴随着贫穷、饥饿和乞讨？什么级别的紫袍、哪个占卜师的权杖、哪位贵族的鞋带上没有沾染肮脏、令人不齿的烙印，没有千般耻辱和全然遭人蔑视的痕迹？什么样的王权不会面对毁灭和践踏，面对暴君和刽子手？这些东西相去不远，端坐王位之上和匍匐于王位之下，二者只有一线之隔。要知道，一切条件都会变化，发生在任何人身上的任何事情，也都可能发生在你身上。就算你很富有，但你能富过庞培吗？当盖乌斯——庞培的这位旧相识、新主宰——拥有了更高的权力时，庞培连面包和水也喝不上。尽管有那么多河流从源头到河口整个位于他的土地上，他仍然不得不为几滴水而乞求。庞培在一个亲戚的宫殿里死于饥渴，就在他饿死之际，他的继承人正在为他组织一场国葬。就算你曾经忝居高位，但会比塞扬努斯更高、更前所未料、更包罗万象吗？就在元老们押送他入狱的同一天，人们把他撕成碎片。就是这位曾经坐拥神与人能够赐予的一切东西的人物，刽子手甚至找不到可以拖走的囫囵尸体。哪怕你是位国王也一样。我不用给你看克罗伊斯，他活着目睹了自己的火葬柴堆被点燃，再被熄灭，他不仅侥幸从自己王国的覆灭中幸存下来，还从自己的死刑中逃过一劫。也不用给你看朱古达，他在给罗马人民带来恐惧后一年之内就被抓到凯旋式上示众了。我们见证过非洲国王托勒密和亚美尼亚国王米特里达梯，他们都被盖乌斯俘获。一位被流放，另一位倒是更真诚地希望能被流放。在所有这些接二连三跌宕起伏的事件中，除非你把任何可能发生的事情都看成必然会发生的，否则你就会给逆境拱手送上凌驾于你之上的力量，而初次见证这种力量的人不免会崩溃。

* * *

下一件要保证的事情是，不要无谓地浪费我们的精力，或者把精力花在漫无目的的活动上。也就是说，既不要渴求那些我们没法企及的东西，也不要渴求那些一旦得到只能让我们觉得后悔莫及，费了万般心机其实却徒劳无益的东西。换言之，不要劳而无功，也不要事倍功半。因为通常而言，如果我们没能成功，又或是那种成功的过程让我们感到耻辱，那么苦涩的感觉就会接踵而至。我们必须彻底避免那种有很多人沉迷其中的时髦做法，这些人蜂拥在宅邸、剧场、罗马广场，到处打探别人的事情，总给人留下一种大忙人的印象。如果你在这种人从一间宅邸中走出来时问他：“你去哪儿？你在想什么？”他就会回答：“我真不知道，但我要见一些人，做一些事。”他们漫无目的地乱窜，寻找受雇于人的机会，他们不是做自己计划好的事情，而是碰上什么干什么。他们无所事事地游荡，就像蚂蚁在灌木丛里乱爬一气，不小心爬到灌木顶上，然后又原路掉下来。很多人生活得就像这些蚂蚁，你大可以称其为无事忙。你会为一些人感到惋惜，你看到他们走在路上匆匆忙忙，似乎是要去救火，他们经常一头撞上迎面的路人，让自己和对方都摔个仰面朝天，他们一直在奔走，去拜访一些根本不会回访的人，又或是参加不认识的人的葬礼，或一些总是卷进诉讼官司的人的审判，或总是在不停结婚的女人的婚礼，照看轿辇，有时甚至还得亲自上手抬。随后他们回到家，一无所获，但累个半死，发誓自己并不知道为什么要出门，也不知道自己去了哪儿，然后第二天他们还会故态复萌，再去这样乱逛。所以，要让你的一切行为都有的放矢，要有目力可及的终点。不是劳作让人不得休息，而是对事物的错误印象把他们逼疯。甚至即使疯子也需要一些希望来激励自己，一些目标的外在表现会让他们激动，因为他们那被蒙蔽的心灵无法洞见这些目标其实毫无价值。与之类似，每一个游走在人群中的这类人，都是被空虚而琐细的原因牵着鼻子在城里乱逛。黎明驱使他无所事事地出门，在很多人的门前徒劳地挤来挤去，唯一的成果是和别人的报事奴隶打了招呼，被许多人拒之门外后，他发现没人比他本人更难在家里找到了。这种罪恶反过来又催生了最可耻的恶习，那就是偷听，以及窥探各种或公开或秘密的事情，试图去知道很多最好别说也别听的东西。

我觉得德谟克利特就是这样想的，所以他才会说："任何希望过平静生活的人，无论公私活动，都不应该多参与。"当然，这指的是那些无用的活动。因为如果十分必要，那么无论公事私事，莫说是多，就是多到数不清，也是必须要去做的。但如果不是约束着我们的义务在发出召唤，那么我们就必须节制自己的活动。因为一个经常忙于很多事情的人，通常是把自己置于命运之神的威权之下，而最安全的策略，莫过于尽量别去诱惑这位神，而是把她时时放在心上，却绝不轻易信任。所以就有人会说"除非出了什么事，否则我要启航""除非有事情阻碍我，否则我要成为裁判官""除非有事情横插一杠，否则我的事业会成功"。这就是为什么我们说对智者来讲没什么事情是出乎意料的。我们不是说智者不会受到落在人类头上的运气因素影响，而是说他们不会受到人类错误的影响。不是说一切事情都会如他所愿，而是都会如他所料，其中最重要的就是，他料到会有事情冒出来阻碍自己的计划。但不可否认的是，如果你一开始没有向自己的心灵许诺一定会得偿所愿，那么求而不得带来的失望、由此产生的沮丧，也就更容易消化了。

我们也应该让自己更会随机应变，这样就不会把希望过多寄托在定好的计划上，而是可以转移到机遇突然带给我们的其他东西上，不害怕我们的目标或条件发生变化。前提是，反复无常——这个对心灵安宁而言最不友好的缺陷——不会控制住我们。因为命运之神常会因我们的固执不化而向我们勒索代价，这必然会带来不幸和不安。而反复无常比这个还要严重得多，它是根本不会自律的。固执不化和反复无常都会破坏心灵的安宁，前者让你没法改变，后者让你没法忍耐。任何情况下，都必须从外部事物中收心回来。心灵必须信任自己，取悦自己，欣赏自己。它必须尽可能从别人的事务中抽身而退，将注意力投向自身。它不应对得失斤斤计较，而应该即使面对不幸也泰然处之。我们学派的创始人芝诺，在听说海难的发生使他所有的财产都随船沉没了的时候，曾这样说道："命运之神邀我成为一位更少负累的哲学家。"当一位僭主威胁要杀死哲学家提奥多鲁斯并让他暴尸街头时，他说："请您自便，我的一腔血由您处置。至于暴尸嘛，如果你觉得我会在意自己是在地上烂掉还是在地下烂掉，那你可太傻了。"

朱利乌斯·卡努斯是一位了不得的杰出人物，即使他生在我们这个时代，也十分令人钦慕。他曾经和盖乌斯长期争执不下。当他离开时，那位法拉里斯式的暴君对他说："为了免得你怀抱愚蠢的希望自欺欺人，我已经下令把你送去斩首。"他的回答是："谢谢您，高贵的皇帝。"我不确定他到底是什么意思，因为有很多可能。他的意思是要表达皇帝的残忍程度使得死亡反倒成了一种祝福，以此来侮辱对方吗？他是用皇帝每天都要发几次疯（因为自己孩子被杀、财产被没收的人通常还要向他谢恩）来嘲讽他吗？他是把自己的死刑判决当成一种解脱来欣然接受吗？不管他究竟意欲何为，这都是一句非常坚定勇敢的回答。有的人会说："这之后盖乌斯会命令他活下去了。"卡努斯并不怕死，众所周知，在这类事情上盖乌斯都是言出必行的。你觉不觉得卡努斯在等待上刑场的那十天里丝毫没有不安之情？他的言行都十分不可思议地展现出他有多么冷静。当拖着一队死刑犯的百夫长命令他加入队列时，他正在玩跳棋。听到命令，他数了数自己的棋子，对自己的棋友说："我得保证我死后你不会耍赖说自己赢了。"然后，他对百夫长点点头，说："你要作证，我赢了一个子。"你觉得卡努斯只是在享受棋盘上的游戏吗？他是在享受这种讽刺。他的朋友们为即将失去这样一位人物而悲痛，而他对他们说："你们为什么悲伤？你们一直在思考灵魂到底是不是不朽的，可我很快就要知道了。”直到生命的终点，他都没有停止寻找真理，而且把自己的死也变成了讨论的主题。他的哲学老师和他同行，当他们离我们的那位神明恺撒每天享用贡品的土丘不远的时候，老师说：“卡努斯，你现在在想什么？你心情如何？”卡努斯回答道：“我决定要留意一下在那最转瞬即逝的一刻，精神是否能感觉到自己离开了肉体。”他保证，如果他发现了什么，就会来拜访自己的朋友们，告诉他们灵魂的状态。看看这种八风不动的平静，看看这值得不朽的灵魂，以自己的命运来追求真理，在生命中的最后一个阶段探求关于灵魂离体的问题，不仅在死之前追寻知识，甚至要从死亡经历的本身中追寻知识。没人比他对哲学的探究更持久。如此伟大的人，不会被迅速遗忘，我们提起他时应该满怀敬意。光荣的灵魂啊，你让死于盖乌斯手下的牺牲者又添一人，我们确信你将永垂不朽。

但是，要摒除产生私人悲伤的原因是没有意义的。因为有时我们会深深陷入对全人类的憎恨之中。想想吧，单纯是多么罕见，天真是多么不为人知，除非是权宜之计，否则又多难找到忠诚，你会遇到多少得逞的罪行，人类贪欲产生的所有得失都是多么可恶。现如今，野心是多么肆无忌惮，它通过恶行来获得荣光。所有这些，都将心灵驱赶进黑暗中，被阴影吞噬。就像美德被彻底推翻了一样，不仅没有拥有美德的指望，而且就算是得到了美德也无用武之地。因此，我们必须让自己学会如何对待所有这些遍及世间的邪恶，不要觉得它们十分可恨，而是要觉得它们荒诞可笑。我们要学德谟克利特，而不是赫拉克利特。当恶行昭然天下时，后者会哭，而前者会笑。后者觉得我们的一切活动都可悲，前者则觉得都可笑。所以，我们对待一切都要淡然，要以宽容之心加以忍耐。取笑生活比悲悼生活更文明开化。还要谨记，对人类而言，笑对生活比为生活哀痛更值得尊敬，因为前者给人类带来美好的希望，而后者却愚蠢地为那些自己无望纠正的事情徒劳叹息。而且，无论如何，比起尽情痛哭，尽情大笑是更伟大心灵的标志。因为笑声传达的是我们最温柔的感情，并且认为一切身外之物都并不重大，也无须较真，甚至没什么值得痛苦的。如果每个人都认真思考一下给我们带来喜悦或悲伤的个别事件，他就会明白比翁那句格言中包含的真理：人的一切活动都和他的起点一样，人生并不会比生命尚在孕育之时更高尚或更糟糕，人生于无，也归于无。然而，更好的办法是，平静地接纳公众行为和人性的缺点，既不大笑也不大哭。因为，被别人的烦恼折磨，这意味着没完没了的苦难，而以别人的烦恼取乐，则是一种冷酷无情的愉悦。就像是因为别人埋葬自己的儿子而哭泣并露出肃穆的神情，只是在空洞地展示善意一样。对于自己的问题，恰当的应对方式是自然而然地沉浸在悲伤之中，而不是按照习俗的要求来决定悲伤的程度。因为很多人之所以哭，是想要别人看见他们在哭，一旦没人在看，他们的眼泪就干了。这是因为，他们觉得大家都在哭的时候，自己不哭不像话。这种从别人身上找参照物的恶习如此根深蒂固，使得连悲伤这种最基本的情感都沦为了模仿。

* * *

我们接下来必须看看一类有足够理由使得我们悲痛不安的事件，就是当好人不得善终的时候。苏格拉底被迫在狱中饮毒而死；鲁提利乌斯被流放；庞培和西塞罗被自己的请托人杀害；加图，这位活着的道德榜样，不得不伏剑自尽，以便向全世界昭示他自己和整个国家到底发生了什么。看到这些，我们不能不为命运之神给出的如此不公正的回报愤慨难当。当看到最好的人受着最糟糕的命运折磨时，我们每个人又能对自己抱什么希望呢？之后又会发生什么呢？观察一下那些人都是如何忍受各自的厄运吧，如果他们勇敢，那就让你自己的灵魂也像他们一样勇敢；如果他们死时懦弱，那么死得就毫无价值了。他们或是有勇气而值得你赞赏，或是因怯懦而不值得你效法。极其伟大的人英勇赴死，却使得他人感到恐惧，还有比这更可耻的事情吗？让我们不断赞扬那值得赞扬的人，让我们说："一个人越是勇敢，就越是幸福！你躲过了一切不幸、嫉妒和疾病，你从监牢中脱身而出，并不是说对于众神而言你就该遭逢厄运，而是说对命运之神而言，再在你身上滥施淫威也全无用处了。"但是，我们应该鄙弃那些退缩不前、在将死之时回望生命的人。我不会为幸福的人而哭泣，也不会为正在哭泣的人而哭泣。前者已经擦干了我的泪水，后者已经用自己的泪水证明了他不值得我挥泪。我会因为赫拉克勒斯要被活活烧死而为他哭泣吗？又或是因为雷古卢斯要被钉刺穿身而哭泣？或是因为加图要伏剑自尽而哭泣？他们都因为放弃了短暂的在世之时而找到了永生之道，通过死亡，他们得以不朽。

如果你过于装腔作势，不愿跟任何人坦然相对，就像很多过着虚假的生活、只关心外在表象的人一样，那就还有一个不可忽视的焦虑之源。由于总是担心自己日常的假面会不小心滑脱而被人窥见真面目，于是活得万分小心，那可就太痛苦了。假如我们觉得别人观察我们的时候一定会对我们品头论足，那么我们也没法无忧无虑。因为总会发生很多事情，在我们不情愿的情况下撕破我们的伪装。即使有人能小心谨慎，成功维持住全部伪装，但总是生活在假面之后也不是什么令人愉悦的事情，不可能无忧无虑。与之相反，诚实、天然去雕饰的单纯、丝毫不隐藏自己的性情，这该是多么彻底的快乐啊！然而，如果把一切都展现给所有人看，这种生活就要冒着被人蔑视的风险。因为对一些人来说，亲近会滋生轻慢。但美德并不会因为仔细观察而变得廉价。因单纯而被轻慢，总要好过承受一直伪装下去的痛苦。不过，在这个问题上我们还是要取中庸之道，简单地生活和粗心大意地生活还是有很大区别的。

我们也要更多回归自我，因为和那些与你迥然不同的人交往，会扰乱平和的心性，再次搅动起激情，使一切尚未完全根除的精神弱点更加恶化。然而，独善其身和融入人群，这两件事必须混合变通。前者让我们渴望他人，后者让我们向往自己，两者互为解药。独处会疗愈你对人群的厌弃，人群则会疗愈你独处的无聊。

不应该让心灵总是集中在同一件事情上，而是应该给它一些有趣的消遣。苏格拉底不耻于和小孩子一起玩耍。老加图在国务烦累之余经常靠酒聊以自慰。西庇阿常会放下胜利者和军人的姿态，用跳舞来自娱自乐。不是现如今那种精致的拖着步子走来走去的舞，现在的人连走路都扭捏作态扭来扭去。他跳的是在竞技和节庆时跳的那种老式的阳刚之舞，即便在敌人面前跳也不失尊严。我们的心灵需要放松，它在休息之后会更好、更敏锐。就像你不能对一片沃土过度强求一样，毫不间断的产出会很快耗尽地力，所以，持续不断的努力也会抽干你的精神活力，而短暂的休息和放松会让你恢复元气。无休无止的努力会导致某种精神上的麻木倦怠。如果体育运动或是游戏当中不包含某种自然而然的愉悦，那么大家便不会那么喜欢从事这些活动了。但如果反复沉迷于此，也会破坏你的脑力。毕竟，作为一种恢复健康的手段，睡眠是必不可少的，但如果你不分昼夜一直长眠不醒，那就是死掉了。放松对某事的执念和彻底切断联系，两者是有天壤之别的。

立法者认为，有必要引入某种东西来平衡一下人们的日常辛劳，于是他们确立了节假日，以民意授权的方式让人们娱乐一下。而就像我曾经说过的，一些伟人会在每个月的固定几天给自己放假，还有一些人会把每天都分割成闲暇时间和工作时间两部分。我记得伟大的演说家阿西尼乌斯·波利奥就是这么做的，他每天工作十小时之后就什么都不做了，甚至连信也不看，以防又有什么不得不做的事情突然冒出来。但就在这休息的两小时里，他得以摆脱一整天的疲劳。一些人会在中午休息一会儿，把所有不那么紧迫的任务都留待下午处理。我们的先祖也禁止在工作十小时后在元老院提出任何新动议。军队的瞭望哨会换岗，远征刚回来的人不用守夜。我们必须不时满足一下我们的心灵，让它享受闲暇，闲暇是它的食粮，是它的力量之源。我们必须去户外走走，让晴朗的天空和大量新鲜的空气强化我们的心灵，赋予它活力。有时，坐马车旅行、换换环境、参与社交活动、畅饮美酒，都会让它获得崭新的能量。我们甚至应该偶尔喝到醉，沉浸于美酒之中，但不是彻底醉得不省人事，因为美酒能冲走烦心事，搅动心灵的深处，就如同治疗一些特定的疾病一样治愈忧伤。酒神之所以名叫利伯尔（“自由”），不是因为他解放了舌头，而是他把心灵从烦恼的奴役下解放出来，让它不受束缚，使它充满活力，然后有勇气去做一切想要从事的事情。但从健康角度来看，喝酒也要守中庸之道，就和自由也需要保持节制一样。梭伦和阿塞西劳斯以好酒闻名，老加图也曾被指责为酗酒贪杯，无论谁指责他，都很容易让他更受尊敬，而不是让他蒙羞。但我们一定不要经常这么干，以免我们的心灵染上坏习惯，尽管它有时的确必须用毫无拘束的欢愉来刺激一下，需要暂时将严肃清醒抛到脑后。不管我们是否认同希腊诗人说的“有时发一下疯也很美妙”，或是柏拉图说的“理智健全的人想要敲开诗歌的大门纯属徒劳”，又或亚里士多德说的“伟大的智者无不有些疯狂”，心灵只有被深深触动之后，才能低吟出那些高妙的、他人难以匹敌的东西。只有心灵蔑视日常庸见，乘着神圣灵感的翅膀高高飞扬的时候，才能吟诵出比凡俗之声更为宏伟崇高的音符。只要还保持着理智，它就没法到达任何艰险高峻的顶峰，它必须舍弃惯常的轨迹，飞奔而去，急不可待地催促它的骑手沿着自己的路线到达一个自身不敢攀登的高度。

于是，我亲爱的塞雷努斯，我们有了让你保持安宁的方法，恢复安宁的方法，抵御那些在你不留意时悄然而至的缺点的方法。但一定要牢记，除非那容易动摇的心灵时时得到无微不至的照拂，否则这些方法都不足以维持住这么一个脆弱的东西。

论幸福生活

1. 我觉得，我们两个都同意，追求外物是为了满足肉体的需要，取悦肉体则是让灵魂满足，而灵魂中的特定部分是用来辅助我们的，使我们能保持行动，维持生活。而这些辅助部分是为了给主要部分服务。[1]在这个主要部分里，非理性和理性的东西兼有。前者服从后者，后者则是唯一不以他者为参照、只以自身为参照的东西。神圣理性同样至高无上、支配万物，且不受制于任何东西。我们拥有的理性也是一样，因为它来自神圣理性。

2. 如果我们认同这个观点，那么自然就会赞成下面的观点，也就是说，幸福生活取决于（且仅仅取决于）一件

---

1 见亚里士多德《伦理学》："据说灵魂有两部分，一部分是非理性的，一部分是理性的。"亚里士多德进一步将非理性的部分分解为两部分，第一部分是和生长有关的，第二部分是欲望（但这部分会服从于理性）。本文对灵魂做最广义的理解。

事——达到完美的理性。因为只有这样，才能让灵魂面对命运时屹立不倒。无论境况如何，都能让人不为所动。也只有完美的理性，才是不会受损的善。我要宣布，如果没有任何东西能削弱一个人，那么他就是幸福的；他始终端居高处，除自己以外不依靠任何东西。因为依靠外物的，难免会跌下来，而如果这样，那么不属于我们的东西就会对我们产生巨大影响，但又有谁甘愿让命运占据上风呢？哪个理智的人会对不属于自己的东西感到骄傲呢？

3. 什么是幸福生活？是心灵的平和，是持久的宁静。如果你的灵魂伟大，如果你能坚守正确的判断，那你就会拥有幸福生活。一个人该如何达到这种境界？要对真理有全面的认识，要在自己做的一切事情中保持秩序、尺度、分寸，要保持一种没有恶意的善良意志，这种意志存乎于理性，而且从不偏离理性，同时又赢得了爱和敬慕。简而言之，智者的灵魂应该和神的灵魂一样。

4. 如果一个人拥有了所有值得尊敬的东西，那他还有什么好渴求的呢？因为，如果不光彩的东西能为最美好的生活增光添彩的话，那么这种情况下，幸福生活就有可能不是值得尊敬的生活。把理性灵魂的善和非理性的东西联系在一起，有什么能比这更卑下、更愚蠢的呢？

5. 但是，有一些哲学家坚持认为至善是可以增多的，因为如果命运不利，那么就很难完美。甚至我们学派的伟大领袖安提帕特也承认，外在因素会有一些影响，尽管影响不大。但是你看，说阳光不够明亮，必须再加一把小火苗才行，这是多么荒唐啊！在明朗的阳光下，一点星火又算得了什么呢？

6. 如果你不满足于值得尊敬的东西，还渴求其他，那么你渴求的要么是希腊人所说的“不被打扰”的宁静，要么就是享乐。但前者是不论如何都能获得的。因为当心灵可以完全自由地思考宇宙的时候，那就是不被打扰的状态，没有任何东西能让它从对自然的沉思中分心他顾。至于后者，那只是动物的好处。如果我们觉得享乐是好处，那就是在把非理性加在理性之上，把不光彩的东西添到值得尊敬的东西上。身体上的愉悦感受会影响我们的生活。

7. 假如享乐真的好，那你岂不是该承认胃口好人就好？如果人的至善是口腹之欲这类的事情，你觉得这还算是人吗？更别说算不算英雄了。不，这不是人，不是仅次于神的最高贵的生灵，还是把他和不会说话的牲畜归为一类吧，对于牲畜来讲，享乐就在于吃！

8. 灵魂的非理性部分是双重的，一部分是精神的、野心勃勃的、无法控制的，这是激情；另一部分是迟缓的、怠惰的，耽于享乐。伊壁鸠鲁派的哲学家们无视前者，前者尽管肆无忌惮，但总归是要好一些，而且显然是更有勇气的，更算得上是个人。他们认为，麻木而卑劣的后者，是幸福生活不可或缺的。

9. 他们命令理性为后者服务，使得最高贵的生灵的至善，变成下贱卑微的事情，变成各种东西混杂在一起，却十分不协调的畸形混血儿。就像我们的维吉尔对斯库拉的描述一样：

上边是人脸，女人的胸脯，
美丽的胸脯——下边，是个怪物，
肥硕而不成样子，一条海豚的尾巴
接在狼一样的肚子后边。[1]

即便是这个斯库拉，尚且带有野兽的形态，致命而敏捷，而那些自作聪明的人用他们所谓的智慧搞出了什么奇形怪状的东西啊。

10. 人之为人，根本在于美德。连接美德的是无用且寿命短暂的肉身，如波西多尼乌斯所说，这个肉身只适合接受食物。神圣美德的另一头是污秽。一边是崇高的属于天界的高级部分，另一边却紧紧拴在一头呆滞无力的动物身上。至于

1 引自《埃涅阿斯纪》。

人渴求的第二种东西——宁静，尽管事实上它自身对灵魂没有任何好处，但至少可以让灵魂从羁绊中解脱出来。而与之相对的享乐，实际上会摧毁灵魂，削减它的所有活力。还有什么元素能像它们这样一点也不和谐地掺和在一起呢？最富有生机的东西跟最懒散的东西相连，最朴素严峻的东西和最不严肃的东西为伍，最神圣的东西与最肆无忌惮甚至是肮脏淫秽的东西做伴。

11. 有人反驳道："假如健康、休息、远离痛苦，这些都不会妨碍美德，我们还是不能追求这些东西吗？"我当然会追求，但不是因为它们是善。我追求它们，是因为它们符合自然天性，也因为我会通过运用正确的判断力来获取它们。那么它们好在哪儿呢？只好在一点，那就是要做出选择。我穿上合适的衣服，在该走路时走路，该吃饭时吃饭，这时，真正有好处的不是我吃的饭、走的路、穿的衣服，而是我对它们的精挑细选，因为我做的每一件事情都是顺应理性的。

12. 我还要再补一句，选择整洁的衣服，这是适合人去努力追求的目标，因为人本质上就是一种整洁干净的动物。因此，对整洁衣物的选择，而不是整洁的衣物本身，才是善。善不是选出来的东西，而是选择的品位。值得尊敬的是我们对行动的选择，而不是具体做的事情。

13. 你可以认为，我关于衣服的这些话也适用于肉体。因为大自然在我们的灵魂外边包裹了肉体，就像穿了一件衣服一样。身体是灵魂的外袍。但是，谁会根据衣柜的价值来判断里边衣服的价值呢？剑鞘说明不了剑的好坏。因此，对于肉体，我还是要回到之前的答案，也就是说，如果有选择的话，我会选择健康强健，但其中的善在于我对这些事情的判断，而不是这些事本身。

14. 另一个反驳是："智者固然幸福，但除非他具备了大自然提供的达到至善的手段，否则他也并不能达到我们定义的那种至善。所以，虽然说拥有美德的人不会不幸福，但如果缺少了诸如健康、四肢健全这类大自然的馈赠，也是不可能完全幸福的。"

15. 这么说的话，处在无休无止的极度痛苦中的人并不悲惨，甚至他还是幸福的——这难道不令人难以置信吗？但你同意这种说法，只是拒绝承认他是完全幸福的。如果美德能让一个人不悲惨，那让他完全幸福就更容易了。因为幸福和完全幸福之间的差距要小于悲惨和幸福。某种东西强大到能把一个人从灾难中捞出来，置于幸福之中，但却不能让他完全幸福，这可能吗？难道这东西的力量在马上要登顶的时候却失效了不成？

16. 生命中有好有坏，这都是不受我们控制的。如果一个好人尽管遇到了所有的坏事，却并不悲惨，那他怎么可能因为缺几件好事就无法完全幸福呢？因为，如果坏事的重压都没法把他压垮，让他变得悲惨，那他也不会因为没有遇到某些好事就无法触及完全的幸福。不，他没有那些好事也会完全幸福，就像是他遇到了那么多坏事也不会悲惨一样。否则，如果他的幸福可以受损，那就也完全可以被整个夺走。

17. 前文中我曾提到，一点点小火苗没法为太阳增光添彩。因为太阳耀眼的光芒会遮蔽任何其他光线。有人可能会说："但有些东西连阳光也能挡住。"然而，太阳不会因障碍物而受损，尽管可能有东西挡住太阳、阻断了我们的视线，但太阳本身仍一如既往。当太阳从云中洒下光线时，它并不会比没有云的时候更小，也不会比没有云的时候更暗淡。因为，有东西挡住了它的光和有东西阻止它闪耀，这两件事的区别可是非常大的。

18. 与之类似，障碍并不能从美德当中攫走些什么，美德不会变小，只是光芒不那么明亮了而已。在我们眼里，可能是不像以前那样清晰可见、光芒四射了，但它自身其实是没有变的。就像太阳被挡住的时候也会变得暗弱，但其实太阳本身没有变。因此，灾难、损失、错误，这些东西对于美德来说，不过是太阳面前的浮云而已。

19. 有的人坚持认为，在肉体上遭遇不幸的智者，既不悲惨也不幸福。但这也是错的，因为这是在把偶然的结果和美德相提并论，是认为值得尊敬的东西和全无荣誉可言的东西有一样的影响力。但是，还有什么会比把可鄙的东西和值得尊敬的东西归为一类更令人生厌、更格格不入呢？值得尊敬的是正义、责任、忠诚、勇敢、谨慎，与之相对，最没价值的人往往拥有更多没有价值的特质，例如粗壮的大腿、强悍的肩膀、一口好牙、健康结实的肌肉。

20. 此外，如果说体弱的智者既不悲惨也不幸福，而是处于某种中间状态，这也就是说，他的生活既不可取，也非不可取。但是，说智者的生活不可取，是多么愚蠢啊。存在某种既不可取也非不可取的人生，这又是多么离谱的说法啊。同样，如果肉体的疾患不会让一个人变得悲惨，那么这个人就会是幸福的。因为如果一个东西没有能力让他的境况恶化，那么也就同样没有能力干扰他、让他无法达到最好的状态。

21. 有人会说："但是，我们知道什么是冷，什么是热，冷热中间的温度就是不冷不热。与之类似，A 是幸福，B 是悲惨，A 与 B 之间的 C 既不幸福也不悲惨。"我来研究一下这个推断。如果我给你那不冷不热的水里加入大量的冷水，结果得到的就是冷水；假如我加进去的是大量热水，最后就会得到热水。但是，对于那些既不幸福也不悲惨的人来说，按照这种说法，不管我给他加上多少糟糕的事情，他也不会变得不幸。所以你提出的这个类比是不成立的。

22. 我们再来假设一下，现在有个既不悲惨也不幸福的人站在你面前。我在他不幸的基础之上，让他失明，他没有因此变得不幸福。我使他瘸了腿，他没有展示出不幸福。我给他添上猛烈不断的疼痛，他也没有显示出不幸。因此，如果这么多的灾害都没法让他变得悲惨，那么也就不能让他远离幸福。

23. 如果如你所说，智者不会从幸福跌入悲惨之中，那么他也不会跌入不幸福的状态。因为如果一个人开始向下滑坡，又怎么可能在中途一个特定的点停下来呢？能让他不会一路滚到底的东西，也会让他始终居于顶点的位置。你会问，为什么幸福生活不可能被破坏呢？幸福生活甚至不可能被分解，因为仅凭美德就足以抵达幸福生活。

24. 有人说："但是，如果智者能更长寿，不受病痛困扰，难道不应该比一个总是被迫和噩运角力的人更幸福吗？"那么回答我，他会因此变得更好还是更受尊敬？如果都没有，那么他就不会更幸福。为了生活得更幸福，他必须活得更正确，如果做不到，那么他也就没法过得更幸福。美德是没法绷得更紧的，取决于美德的幸福生活亦然。因为美德是一种如此伟大的善，它不会因为短寿、痛苦以及各种肉体不适这类微不足道的攻击而受影响。而所谓享乐，则是美德不屑一顾的东西。

25. 那么，美德之中最主要的是什么？是一种品质，是活在当下，是不去计算属于我们的日子还有多少。在最微小的时间里，美德就实现了善的永恒。对我们来说，这种善似乎不可思议，超越了人类的本性。因为我们是在以自己的弱点为标准来衡量它的伟大，而且我们会用对待美德的方式对待恶习。此外，处于极度痛苦中的人说“我很幸福”，看起来难道不是很不可置信吗？然而这句话恰恰是那个讲求快乐的学派说出的，伊壁鸠鲁说：“今天和另一天是最幸福的！”那个所谓的今天，他正在遭受尿急痛；而那个所谓的另一天，他正在被无法治愈的胃溃疡折磨。

26. 那么，为什么美德赋予的那些善，在培养美德的我们看来难以置信，但是即使在那些以享乐为人生宗旨的人身上也能找到呢？这些卑鄙无耻的人还宣称，身处极度痛苦和不幸之中，智者既不会悲惨也不会幸福，但这也很不可思议，不，这还要更不可思议。因为我不明白，如果美德跌落凡尘，又怎么不会一路摔到地面。美德要么必须让人保持幸福，如果不能保持这个状态，就没法让我们免于不幸。如果美德只是坚守阵地，那就不可能被赶下场，它要么征服，要么被征服。

27. 但一些人说：“只有不朽的众神才具有美德和幸福生活，我们能得到的只是幻影，只是和他们的善相似的某种东西。我们可以接近他们，但永远无法触及他们。”然而，理性是人和神都具有的品质，神的理性已经是完美的，而在人身上，理性可以达到完美。

28. 但是，我们的恶习将我们引向绝望，因为这“次等的理性生物”（也就是人类），是较为低级的族群。人类过于摇摆不定，没法坚持最好的东西。人类的判断力总会动摇。他可能需要听觉、视觉、健康、不令人厌恶的外表，以及更长的寿命和完好无损的体质。

29. 虽然人可以通过理性的手段过上一种不会后悔的生活，但在人这种不完美的生物身上，仍然有某种力量会导向邪恶，因为人具有容易走向邪恶的心灵。然而，假设之前已经被激发的、暴露在外的恶能被移除。那么这个人，尽管仍然不算是好人，但却是可以朝好的方向塑造的。而假如一个人缺乏一切能够向善的特质，那么他就是纯然的恶人。

30.

但是，
他身体里停驻着美德，
精神永在。[1]

---

1 引自《埃涅阿斯纪》。

这样的人就和众神等同了。他牢记自己的源起，并努力回到那里。试图回到自己曾经达到但现在已经掉下的高处，这一定是没错的。你为什么不相信，作为神的一部分，人也存在某些神圣之处呢？包绕我们的宇宙是一个整体，它就是神。我们与神同行，我们是神的一部分。我们的灵魂有这种能力，如果不被恶行束缚，就会抵达神性。正如我们身体的天性是要直立，仰望苍穹，我们的灵魂也是如此，它有能力抵达自己想要抵达的一切地方。究其本质，它的天性是渴望和众神平起平坐。如果让它利用自己的力量，沿着一条并不陌生的道路伸展到适合它的领域，那么它必将努力向着高处奋进。

31. 前往天界是一项艰巨的任务，但灵魂不是要前往，而是要返回。一旦找到了路，它就会勇往直前，傲视一切。它对财富不屑一顾。金银，这些东西只配继续待在它们曾经所处的幽暗的地下。灵魂评判金银，看到的不是它们炫惑无知者眼目的光芒，而是远古时期我们在贪婪驱使下把它们挖了出来。我要说，灵魂知道，真正的财富并不在人们那些宝藏堆积如山的豪宅里。我们应该充实灵魂，而不是金库。

32. 人应该让灵魂来主宰万物，让它成为宇宙的主人，灵魂的财富应该只以世界的边界为界，应该如众神般拥有一切。这拥有无尽财富的灵魂要从高处傲视尘世的富人，而这些富人对自己财富的喜悦远不及对他人财富的嫉恨。

33. 当灵魂达到了这种崇高之处，它也不再会觉得肉体这种需要承受的负担是值得爱的东西，而是必须去监管的东西。它当然也不会屈从于这种由它来主宰的东西。如果一个人是自己肉体的奴隶，那么他便无法获得自由。事实上，且不说对肉体过度关爱会让它作威作福，肉体本身在行使支配权的时候就是既专横又挑剔的。

34. 灵魂从这样的肉体中解脱出来，精神抖擞，欣喜若狂，它一旦得到自由，是不会问那被遗弃的躯壳将如何终结的。不，就像我们不会去想剪下来的头发和胡子会怎样。我们的神圣灵魂，当它要从肉体凡胎中解脱时，并不会顾及这尘世的容器将有什么结局，是火化，是关在石棺中，是埋在泥土里，还是被野兽撕碎。灵魂不再关心肉体，就像是孩子出生后不再关心胎衣一样。肉体是扔到外面被鸟啄成碎片，还是丢到海里被海狗当猎物吞吃掉[1]，这与已经归为虚无的他又有什么关系呢？

35. 即使还身处活人之中，灵魂也不会害怕死后肉体会发生什么，尽管这类事情可能是个威胁，但在死亡的瞬间到来之前，它们还不足以吓到灵魂。灵魂说："我不怕刽子手的钩

1 引自《埃涅阿斯纪》。

子，也不怕尸体遭到令人作呕的毁损，暴露于人前。我不求任何人为我举行最后的仪式，我不把我的遗体托付给任何人。大自然已经规定好了，没人不会被埋葬。时间会埋葬所有被残忍地弃置荒野的尸体。”迈赛纳斯说得掷地有声：

我不要坟墓，
因为大自然自会埋葬被遗弃的尸体。

你会觉得这是一个严格自律的人说出的话。他的确是有高贵强健的天赋的人，但在成功之中，他的懈怠损害了这些天赋。再见。

论无端的恐惧

1. 我知道你勇气十足，甚至在你用那些有益健康、足以克服困难的格言警句武装自己之前，就因勇于和命运之神相斗而引以为豪了。而此刻，你已经和命运肉搏过，你的力量经受过考验，就更能证明你的勇气非虚。因为，除非是诸多困难将我们重重围困，甚至有时和我们短兵相接，否则我们的力量永远无法真正激发出我们对自己的信心。只有这样，才能检验出真正的勇气，而这种勇气，绝对不甘受制于身外之物。

2. 这是勇气的试金石。如果一位斗士从未被打得鼻青脸肿，那他就不可能斗志昂扬地开始战斗。只有曾见过自己的鲜血，曾感受到自己的牙齿在对手的拳头之下咔咔打战，曾脚步踉跄地遭受对手全力冲击，身败而心不败，尽管经常倒下，但每次都能更不服输地站起来的人，才能自信地跻身斗士之列。

3. 所以，我想说的是，命运之神过去经常占尽上风，但你却从未屈服，而是一跃而起，以更热切的姿态毅然挺立。刚毅的人会因挑战而获得力量，尽管如此，如果你同意的话，我还是想要为你提供一些额外的保护，使你更加坚强。

4. 鲁基里乌斯，能让我们恐惧的东西比真正能摧垮我们的东西要多。我们遭受的苦难，更多是来自想象，而非现实。我这不是在用斯多葛派的语气和你讲话，而是用我自己更温和的方式。因为我们斯多葛派的习惯是把所有那些引人呻吟哭号的东西，都看成无关紧要、不值一提的，但你和我必须放弃这些微言大义，尽管，天知道，这些话的确是真理。我给你的建议是，别在危机到来之前就怏怏不乐，因为那些吓得你面如土色的危险，可能事实上永远也不会降临到你头上，当然，至少现在它们还没到来。

5. 因此，一些事情给我们带来的痛苦，比它们实际上本该带来的更多；另一些事情在它们该来之前，就已经开始折磨我们；还有一些事情则在本来根本不该折磨我们的时候折磨我们。我们习惯夸大痛苦，幻想痛苦，预计痛苦。这三种缺点中的第一种可以缓一缓再说[1]，因为这个话题还悬而未决。

1 塞涅卡略过了“夸大痛苦”这个话题，因为痛苦的程度是依当前情况而有所不同的。例如，斯多葛派根本不承认酷刑是一种坏事。他随后在第 6 至 7 讨论了“幻想痛苦”，在第 8 至 11 讨论了“预计痛苦”，从第 12 开始同时讨论“幻想痛苦”和“预计痛苦”。

我认为是琐屑小事的，你可能会觉得是最严重的大事。因为我自然知道，有些人在被鞭笞时会笑，而另一些人在被扇耳光时畏缩。我们稍后会看看，这些恶习的威力是来自它们自身，还是来自我们的弱点。

6. 拜托，当别人围绕在你身边，试图让你相信你过得很不幸的时候，别去管你听到了些什么，而是去想你自己到底感受到了什么。要听从自己的感觉，独立地对自己发问，因为你比任何一个人都更了解你自己的事情。问问你自己："这些人有什么理由非慰问我不可呢？他们为什么会担心甚至是畏惧遭受我的感染，仿佛麻烦事也是一种传染病？真的有什么坏事落到我头上吗？又或者只是主观上觉得有坏事，而实际并没有？"要自觉地自问："我是否无端遭受折磨？我是否情绪低落？我是否把本来并不是坏事的事情想成了坏事呢？"

7. 你或许会反问："我怎么知道我遭受的痛苦是真实存在的还是想象出来的？"这类问题有个原则：我们遭受的痛苦来自现存或未来的事物，抑或两者兼有。对于现有之物，很容易下决断。假设你现在自由又健康，没有遭受任何外来的伤害，那么未来的事情就留待未来再看吧。今天，万事太平。

8. 你会说："但是，总会有事情发生的。"首先，想想你关于未来祸事的证据是否确凿充分。因为，大多数情况下，真正困扰我们的是我们自己的恐慌情绪。我们被谣言这个嘲弄者讥笑，谣言常能决定战争的胜负，但更常决定个人的遭遇。是的，我亲爱的鲁基里乌斯，我们过于草率地赞同别人的言论，我们没有检验那些引起我们恐惧的东西，我们没有审视它们，我们被吓得面无人色、仓皇而逃，就像是士兵们因为畜群踩出的尘烟而弃营逃跑那般，又或像是一群被无稽的传言弄得极度恐慌的乌合之众一样。

9. 不知出于何故，那些不着边际的说法最让我们烦扰。因为真相自有其界限，而那些捕风捉影的东西，则只能依靠胡乱猜测，任凭一颗吓坏了的心不负责任地信马由缰。这就是为什么没有任何一种恐惧能像恐慌一样如此具备毁灭性，如此失控。因为其他的恐惧无端，而恐慌则丧智。

10. 那么让我们来更细致地看看这个问题。很可能会有一些麻烦找到我们头上来，但这不是现在的事情。不期而至的事情多常见啊！期而不至的事情同样也多常见啊！即使是注定要发生的事，迫不及待地迎上去受苦又有何益呢？反正当它来临时，你很快就会受苦了，此时此刻，应该向前看，去看一些更好的事情。

11. 你这么做的话有何收获呢？时间。在此期间可能会有很多事情发生，这些事可能会将那些迫在眉睫甚或是已露端倪的烦心事推迟、终结，或是转嫁他人。哪怕身处一场大火之中，也有可能侥幸逃脱，在大灾大难面前也有人安然无恙。

有时，剑都已经抵在脖子上了，也会被格开。总有人能死里逃生。即便厄运，也是反复无常的。它或许会来，或许不会；在没来之前，它就是没来而已。所以，向前看，看一些更好的事情。

12. 心灵偶尔会在根本没有噩兆显示坏事要发生时，就自己给坏事塑造出一个虚假的形态，会将一些模棱两可的三言两语扭曲成最糟糕的意思，会把一些人的怨恨幻想得比实际更严重，想的不是这人是不是在生气，而是假如他生气了那么要气多久。但是，如果我们总是沉浸在可能发生最坏事情的恐惧中，那么生活也就不值得过了，我们的痛苦也就无穷无尽了。在这件事上，要保持慎重克制。即便是一目了然的祸水，也要以坚定的勇气来接受。如果你做不到，那就以毒攻毒，用希望来压制恐惧。我们恐惧的事情没有那么确凿无疑，同样，我们害怕的东西也同样有可能化为乌有，我们希望的事情也有可能落空。

13. 因此，要审慎权衡你的希望和恐惧，假如一切都悬而未决，那就按你自己的喜好来决定，要相信你自己更偏爱的东西。如果恐惧获得了多数票，那就倒向另一个方向，不要再骚扰自己的灵魂。要不断反思，大多数凡人，即使现实上没有祸事，或是未来也没有非发生不可的祸事，也会为之激动不安。一旦被激惹起来，人们就没法自控，也不能根据事实来调整自己的警钟。没人会说：“这套幻想的始作俑者是个傻瓜，相信这些东西的人和编造这些东西的人一样，也是傻瓜。”我们任自己像墙头草一样随风倒，被尚不确定的事情吓坏，就好像那些事情命定无疑一样。我们毫无自控能力，即使最轻微的事情也会打破平衡，将我们扔进恐慌之中。

14. 但我既不好意思严厉地训诫你，也不好意思用这类温和的疗法来哄骗你。[1]别人可以说：“可能最坏的事情不会发生。”而你自己则必须说：“好吧，如果真的发生了怎么办？让我们看看谁能胜利！发生的事情有可能正合我意，也有可能给我生命的信誉带来毁灭性的打击。”苏格拉底因那杯毒芹酒而变得高贵。从小加图手中夺走他用以自尽的剑，夺走这柄自由的捍卫者，你就相当于剥夺了他最伟大的荣光。

15. 我的说教太多了，你需要的只是提醒而不是说教。我引导你走的这条路和你的天性指引你走的那条路并没有什么不同，你生来就是要走我描述的那条路的。因此，你更有理由去增进并美化自己身上已经具有的善。

16. 但现在，在这封信的末尾，我只需如通常一般盖棺定论即可，换言之，引述一些高雅的格言给你：“傻瓜有各式各

---

1 参见梭伦：“而且，法的表现形式震耳欲聋、粗犷直接。”

样的缺点，但其中一点是，他总是在为新生活做准备。”[1] 反思一下这句话的深意，我尊敬的鲁基里乌斯，你会发现，有些人每天都在重新为生活打基础，即使半只脚踏进棺材里也还在筹谋崭新的希望，他们的浮躁善变该有多么惹人厌憎。

17. 用你自己的心灵看看这一个个例子，你会看到有些老人在生命中的最后一刻还在筹划从政、旅行、干事业。有什么能比已经老了却还在为新生活做准备更不入流的事情吗？要不是我欣赏并引述的这句格言不是很有名，而且也不是伊壁鸠鲁最流行的那些警句之一，我本不会点出它的作者是谁。再见。

1 这是伊壁鸠鲁的话。

论恩惠

1. 你抱怨自己遇到了一个忘恩负义的人。如果你是第一次经历这种事，那么你之前要么是太幸运了，要么就是很谨慎。然而，这种情况下，谨慎意义不大，只能让你变得小气吝啬。因为，如果完全要避免这种风险，你就不会给别人施以恩惠，为了避免别人忘恩负义，你自己干脆就不要施恩。然而，施恩而无报，总是比完全不施恩好。就算收成不好，该播种还是得播种，因为通常只要一年的丰收，就足以抵偿土地贫瘠带来的多年损失。

2. 为了发现一个能知恩图报的人，就算遇到很多忘恩负义的人，那也是值得的。没有哪个人在施恩时从不出错，不会经常上当。旅行者最好是先到处转转，最终才能再次开辟该走的道路。船难之后，水手们还是会再次出海。银行家们不会因为有骗子就吓得离开罗马广场。如果一个人被迫放弃一切有可能出问题的东西，那么生命很快就会在怠惰闲散中变得黯淡无光。但对于你遇到的这个状况来说，它会促使你变得更加乐善好施。因为当任何事情的结果都不确定时，你必须一试再试，以取得最终的胜利。

3. 然而，我曾经在之前写的一本名为《论恩惠》的书里充分讨论过这个问题。我觉得更应该调查研究的，是这个我觉得还不够清晰的问题——如果曾经帮助过我们的人，后来又伤害了我们，那这样算不算两清了？如果你喜欢的话，还可以再加上这个问题——要是后面带来的伤害比之前给的帮助更大的话，又会如何呢？

4. 如果你想要的是一位严谨的法官下达的正式而正当的判决，那么他会认为两者相抵，并宣判："尽管造成的伤害大过所施的恩惠，但所有大过的部分仍然可以用之前的恩惠来抵消。"尽管伤害的确更大一些，但施恩在前。因此，也要考虑到时间的因素。

5. 其他情况则很清晰明了，所以我无须提醒你应该去考虑以下几点：提供帮助时有多乐意，施加伤害时有多勉强。因为恩惠和伤害一样，是取决于精神上的出发点。"我不情愿施恩，但我还是这么做了，出于对这个人的尊重，或是拗不过他一再强求，抑或对未来有所希望。"

6. 我们对每一项义务的感觉，取决于每一次施恩对我们精神的影响。我们看重的不是礼物的轻重，而是促成送出礼物背后的善意如何。所以现在让我们别再胡乱猜测了。之前的所作所为，是一种恩惠，之后的所作所为，是超过了之前恩惠的伤害。善良的人是这样算这笔账的，他会重恩而轻怨。而更宽容的裁判官（我宁可当这样的人），则会命令我们念恩而忘怨。

7.“但显然，”你说，“该怎么报就怎么报才是正义。也就是说，以恩报恩，以怨报怨！”这个在我看来，适用于那种伤害你的人是一个、施恩的人则是另一个的情况。如果恩惠和伤害来自同一个人，那伤害的效力就会被施恩抵消。事实上，即使一个人过去没有做过什么好事情，我们也要宽以待人，而一个曾经对我们施恩的人犯了错，我们就更该宽容了。

8. 我不会对恩和怨平等相待。比起怨，我更重恩。不是所有知恩图报的人都知道受人之恩意味着什么，因为即使是不懂事的粗人、平平无奇的人，也会明白自己受人之恩，特别是在刚刚受恩之后，但他并不知道自己因此欠下的恩情到底有多少。只有智者才能准确知道这一切的价值。对于我刚才提过的那种粗人，不管他的动机有多么好，结果要么是给出的回报比欠下的恩情少，要么是回报的时间或地点不合适。他以为自己知恩图报了，实际上却并不完全如此。

9. 对这个特定话题有个非常精确的措辞，这是一个由来已久的术语，用符号来表明一些行为的准则，它最有效地列举人们的职责。如你所知，我们习惯这么说："甲对乙的人情做出了回报。"做出回报，意思是根据你欠别人的东西，来给出你自己的东西。我们不会说"他支付了人情"，因为"支付"不是我们自愿给的，是应他人的索取而给的，是不论发生什么都必须给的，而且也可以通过第三方来给。我们也不会说"他'偿还'了恩惠或者'结清'了恩惠"，我们不喜欢用类似欠债还钱的说法来谈恩惠。

10. 回报，意思是向曾经给过你一些东西的人提供一些东西。这个词带有自愿的含义，做出回报的人，是出于自动自觉。智者会在心中探寻所有的情况：自己收到了多少恩惠，是谁给的，什么时候，什么地点，以什么方式。所以我们（指斯多葛派）宣称，只有智者才知道如何回报恩惠，此外，也只有智者知道如何施恩。我的意思是说，智者施恩，比受恩之人要更快乐。

11. 现在有些人会把这句话视为我们斯多葛派惯常提出的惊人之语，是希腊人称之为悖论的东西。他们会说："那么你是坚持认为只有智者才懂得如何报恩吗？这么说来，你认为其他人都不懂如何还债咯？或者说，别人都不懂买了东西要给卖东西的人付等价的钱吗？"为了不给我自己招来任何诽谤之词，让我告诉你伊壁鸠鲁学派对此是怎么说的。迈特罗多鲁斯曾经说过："无论如何，只有智者懂得如何回报恩惠。"

12. 我们学派的其他一些说法也会招来那些反对者的质疑，比如“只有智者懂得如何去爱，只有智者才是真正的朋友”。回报恩惠是爱和友谊的一部分，不，还要更进一步，这是一种日常行为，要比真正的友谊发生得更频繁。那些反对者还会质疑我们的另一种说法，“舍智者，则无谓忠诚”，好像这些反对者自己没说过同样的话一样！你觉得不懂如何回报恩惠的人，能谈得上忠诚吗？

13. 因此，这些人应该停止诋毁我们，别再说得好像我们是在吹一些不可思议的牛皮。他们应该理解，荣誉的本质只存在于智者身上，而在普罗大众那里，我们只能看到荣誉的表象和幻影。唯有智者懂得如何报恩。即使是傻子，也能够按照自己的知识和能力给予相应的回报，他的过错在于缺乏知识，而不是缺乏意志或愿望。因为意志不是能教会的东西。

14. 智者会将所有的东西互相比较，即使完全相同的东西，因时间、地点、原因不同，其价值也会高低有别。通常，花在建造一座宫殿上的巨额财富，也敌不过关键时刻的一千银币。你是毫无保留地直接给予，还是在某人需要帮助时才出手相助；你的慷慨之举是救他于水火之中，还是只是为他的生活锦上添花，这些都相差甚远。常有那种礼物虽然轻微，但带来的结果却很重大的情况。你觉得，从别人那儿获得自己恰好缺少的东西，和接受恩惠以便日后施恩回报，这两者之间有没有区别呢？

15. 但我们不该绕回已经充分研讨过的主题上去。在权衡恩怨时，善人肯定会做出最公正的判断，但他会倾向于恩，宁可偏向这一方。

16. 此外，在这类问题上，涉及的人是谁，通常会有很重要的意义。有人会说："你在奴隶的事情上施恩于我，但在我父亲的事情上给我带来了伤害。"又或是："你救了我儿子，却夺走了我的父亲。"与之类似，善人会将一切能比较的东西加以比较，如果差别很小，他就会视而不见。即使差别很大，但如果可以在不损害责任与忠诚的情况下做出让步，善人也会视而不见，前提是对方带来的伤害只影响到了他们自己。

17. 总结一下，事情就是这样：善人在权衡恩怨时很随和，他可以让自己所受之恩抵偿掉大量的伤害。他不愿意通过恩怨相抵的方式来报恩。他偏向的一方、展现出的倾向，是愿意对自己所受之恩承担义务，并且愿意为此做出回报。因为，任何在受恩时比报恩时更开心的人，都是错的。这就好像还钱时比借钱时心里更舒服。报恩的时候，因为是从恩惠这笔最大的债中解脱出来了，所以应该比欠下这笔最大的债时更开心才是。

18. 在这方面，忘恩负义的人也错了：他们必须连本带利地偿还自己的恩主，但他们自己却以为恩惠是现金，用起来没有利息。人情债是会越拖越多的，还得越晚，要还的就越多。要是一个人报恩不带利息，那他就是忘恩负义。因此，当你权衡自己的所得与所失时，也应该把利息考虑进去。

19. 我们应该竭尽所能当一个知恩图报的人。因为感恩对我们自己有益，而从这一点来看，正义却不是，因为正义通常是和他人有关的。感恩在很大程度上，是对自身的一种回报。没有哪个人是施恩于邻而自己不受益的，我的意思不是说，你帮助过的人一定会想着帮你，也不是你保护过的人一定会想着保护你，更不是所谓善有善报，恶有恶报（如果被害者自己之前也表现出可能害过人的话，那么没人会同情他的），而是所有美德的报答就在于美德本身。我们施恩不是为了图报，善行的奖励就是行善本身。[1]

20. 我知恩图报，不是为了让邻居因为被之前的善举打动而更乐意施恩于我，而只是为了让自己做出最友善美好的行为。我心怀感恩，不是因为感恩能给我带来什么好处，而是因为它让我感到快慰。为了向你证明我所言非虚，我宣布，哪怕我得用看起来像是忘恩负义的方式才能报恩，哪怕我只能通过某种看起来很像是伤害的行为才能回馈，我也会在身

1 行善是斯多葛派第二大美德“正义”的一个分支。西塞罗曾经详细讨论过这个问题。

处耻辱之中的时候，坚持以最平静的精神，努力按照荣誉的要求行事。我认为，没有人比那些为了不昧良心而甘愿失去身为好人的荣誉的人更看重美德、更信仰美德。

21. 因此，如我所说，当个知恩图报的人，与其说是为了你的邻人好，倒不如说是为了你自己好。因为，你的邻居获得的是普普通通的日常体验，也就是说，收到他之前送出的礼物的回赠，而你获得的是一种伟大的体验，是灵魂完全幸福的状态带来的结果，也就是感到自己知恩图报。如果说邪恶让人不幸，美德让人幸福，而知恩图报又是一种美德，那么你做出回报，虽然只是一种习惯性的事情，但你从中获得的东西是无价的，那就是感恩的意识，这是只有神圣且受祝福的灵魂才能感受到的。然而，与之相反的感觉会立即伴随着最大的不幸。如果一个人忘恩负义，那么他将来绝对不会幸福。只要别人不施恩于他，他就会觉得不幸福。

22. 因此，让我们别做忘恩负义的人，这不是为了别人，而是为了我们自己。当我们作恶时，只有最小最轻的那部分会跑到我们的邻居那儿去，而最糟以及最沉重（请允许我这么说）的那部分，总是会留在家里，给主人带来麻烦。[1] 我的

---

1 这可能是一个老典故中的人物，在伊壁鸠鲁的作品中也有类似的比喻，只是比喻的对象不同。

老师阿塔罗斯曾经说过："邪恶会饮下自己酿造的大半毒剂。"毒蛇分泌的毒液对自身无害，是用来毁灭他人的，而这种毒剂则不同，它毁灭的是酿毒者自己。

23. 忘恩负义的人是在折磨他自己，他恨自己收到的礼物，因为他不得不回赠，于是他尽力贬低别人赠礼的价值，而反过来夸大别人对他造成的损害。有谁能比一个不记恩只记怨的人更坏呢？与此相反，智慧会对每一份恩情施以回报，并出于自己的自由意志、为自身着想而感念，通过不断回想而令自己的灵魂快乐。

24. 邪恶之徒从恩惠中只能得到一种快乐，而且还是一种十分短暂的快乐，只在受到恩惠时才存在。但智者从中得到的是长久不变的永恒之乐。因为让智者快乐的不是礼物这个东西，而是受恩这件事，这种快乐不会灭失，而是会永远伴他左右。他蔑视自己承受的不义，他会忘记这些委屈，不是出于偶然，而是出于自愿。

25. 他不会对每件事都做出错误的理解，也不会将一切事情都归咎于他人，他宁可将人的每个罪行都归为偶然。他不会曲解一句话或一个眼神，而是用宽宏大量的方式云淡风轻地解读所有的不幸。他不会记怨不记恩。他尽可能地让自己的回忆停驻在别人早前对他做的那些更好的事情上，从不改变自己对那些曾经施恩于他的人的看法，除非是后来这人对他做的恶事大大超过了之前的善事。而他容许恶事多过善事的程度，宽裕到了就算闭着眼睛也显而易见。而即便到了这个份上，他也只是在遭受了大大压倒之前恩惠的伤害后，才努力将自己对对方的态度恢复成接受对方恩惠之前的样子。当伤害仅仅和恩惠相当的时候，仍会有相当的善意残留下来。

26. 正如票数相等时被告会被无罪释放一样，善良的灵魂会尽力将一切可疑的情况都朝更正面的方向解释，所以当其他人的恩惠仅仅和他的恶行相当时，智者的心灵当然不会再感到有什么义务，但不会停止渴望感到自己有义务，他的行为就恰如即便债务在法律上已经被取消却仍坚持还债的人一样。

27. 但是，除非一个人学会了蔑视那些让芸芸众生分心他顾的东西，否则他不会成为知恩图报的人。如果你希望报恩，你就必须愿意被流放，或为此流血，或经受穷困，甚或是让自己的清白被玷污，承受可耻的诽谤，而这会经常发生。一个人要想知恩图报，就要付出不小的代价。

28. 我们寻求恩惠的时候，觉得它是这世上最贵重的东西，而一旦得到了恩惠，又觉得它是这世上最轻贱的东西。是什么让我们忘却了自己受到的恩惠呢？是因为我们极度贪婪，想要得到更多的恩惠。我们想的不是自己已经得到了多少东西，而是正在寻求多少东西。财富、头衔、权力，以及所有这些在我们看来有价值，但事实上并无价值的东西，使我们偏离了正路。

29. 我们不懂如何权衡事物的价值。我们应该考虑的是事物本身，而不是外在的名气。除我们已经习惯于对它们表示惊叹以外，那些东西本身并不具有激荡心灵的伟大力量。它们不是因为应当令人渴望才得到称赞，而是因为得到了称赞才令人渴望。个人层面的错误一旦造成了公众层面的错误，公众层面的错误就会反过来继续制造更多个人层面的错误。

30. 但是，正如我们曾对这种价值的错估坚信不疑一样，让我们现在坚信不疑一个真理，那就是没有任何事情比一颗知恩图报的心更高尚。这句话要响彻每一个城市、每一个种族，即使是那些来自野蛮国度的人也一样。在这一点上，好人和坏人都会达成一致。

31. 一些人欣赏愉悦享乐，另一些人则选择辛苦劳作。一些人说，痛苦无疑是恶中最恶，另一些人说痛苦根本不是一种恶。一些人将富有视为至善，另一些人说这种看法会危害全人类，只有命运之神无从给予的人才是最富有的。然而在所有这些众说纷纭的观点之中，正如俗话所说，所有人都会众口一词地对一件事投赞成票，那就是应该回报那些对我们有恩的人。在这个问题上，尽管芸芸众生的观念各种各样，却能一致认同。但现在，他们却总是以怨报德，而一个人之所以忘恩负义，主要原因就在于他发现自己总是做不到足够的知恩图报。

32. 我们现在已经疯狂得相当离谱，使得给他人带来巨大恩惠反而变成了一件危险的事情。受恩者只因为不回报太可耻，就觉得还是让所有的施恩者干脆一个也别活下去了比较好。“你还是安心留着那些你收到的东西吧，我不会要回来的。让施恩这件事变得安全点吧。”[1] 最可怕的仇恨，莫过于从亵渎恩惠的羞耻感中产生的那种。再见。

1 这是一个假想的施恩者因为担心自己被害说出来的话。

支持简单生活的一些论点

1.“我还没上船就遭遇了海难。”[1] 我不会说这是怎么发生的，免得你以为这又是个斯多葛派的悖论。我要讲的是，只要你愿意听，不，不对，就算你不愿意听，我也要向你证明这些话所言非虚，而且也不像乍听上去那样危言耸听。与此同时，这次旅行告诉了我，我们拥有的东西当中有多少是多余的，而下定决心抛弃那些东西时又有多么容易。当你不得不和这些东西说再见的时候，甚至都不会有什么感觉。

2. 我的朋友马克西姆斯和我一起度过了最愉快的两天，我们只带了很少的奴隶，只有一辆马车。除了身上穿的那套衣服，没带任何私人物品。床垫铺在地上，我躺在床垫上。我们带了两块毯子，一块垫在底下当褥子，一块盖在身上。

3. 我们没吃什么特别的午餐，只花了不到一个小时来准

---

1 指“我踏上旅途时身上的装备可怜得像是遭了海难的人一样”。

备。不管到哪儿，我们总是带着无花果干，还有写字板[1]。如果我有午饭吃，就把无花果当甜点；如果没有面包，就拿无花果当面包吃。所以我们每天都在吃新年宴[2]，而我用美好的思想和伟大的灵魂让新年幸福兴旺。因为灵魂在抛却一切外物时才最伟大，才会因无所畏惧而获得安宁，才能因不贪图财物而感到富足。

4. 我坐的交通工具是农夫的马车。拉车的骡子只有在走路时才显得像个活物。车夫光着脚，不只是因为夏天。我不情愿让人觉得这个简陋的马车是我的。你看，我对现实抱有的那虚假的尴尬还在，当我们遇见排场更豪华的人时，我就会为自己而脸红，这证明我赞同并赞扬的行为还没有完全在内心牢牢扎下根来。坐破车就脸红的人，坐上豪车就会得意洋洋。

5. 所以，我的进步还不够。我还没有勇气公开承认自己的节俭。我甚至还在为其他旅行者会怎么看我而烦心。但我不该这样，而是应该说出与人们的想法相反的观点："你们疯了，你们误入歧途了，你们这是在赞美那些多余的东西！你们不是按照一个人真正的价值来估计他。一谈到钱，你们都

1 同样具有探究精神的老普林尼在旅行时也带着写字板。

2 当时人们新年会送无花果，代表新的一年甜甜蜜蜜。

会以最严谨的方式来计算自己借给谁多少钱、给了别人多少恩惠。现在你们把恩惠都当成了放出去的债记在账本里了。”

6.“他的房子好大，但他欠的债也多。”“他的房子挺好，但他是借钱盖的。”“没有谁能即刻展示出比他更光鲜亮丽的随从，但他却还不起债。”“他要是把债都还清了，就会马上什么也不剩了。”你们是这么说的。你也应该把这种算账的精神用在其他地方，比如用排除法来算出每个人真正拥有的财产数额。

7. 我觉得，你说一个人富有，只是因为他即使在旅行时也带上金盘子，因为他在所有的行省都有在耕种的土地，因为他有一本厚厚的账本，因为他在市郊拥有特别多的地产，人们甚至抱怨他在阿普利亚有那么多荒地。但在你列举完所有这些事实之后，他仍然是贫穷的。为什么？因为他有未偿还的债务。“欠了什么债务？”你问。他拥有的一切都是他的债务。你觉得欠了别人的债和欠了命运的债，二者之间有什么区别吗？

8. 让骡子披上统一的马衣，用各种东西装饰车子，这些的意义在哪里？以及：

骏马身披紫衣和五彩织锦，

黄金的马缰从颈项垂下，

嘴里是金色的马嚼子，一切都披挂着黄金。[1]

这些又有什么意义呢？无论是主人还是骡马，都不会因为这些外在的装扮而变得更优秀。

9. 监察官马库斯·加图（也就是老加图），他对国家的贡献和西庇阿一样大，西庇阿与外敌斗争，老加图与我们堕落的道德斗争。他曾经只骑一头驴，就是这头驴的鞍袋，装着他所有的必需品。唉，我多想看到他和我们现在那种花花公子在路上迎面相遇的场景，他们有骑马扈从和努米底亚人伴驾，在路上扬起一大片尘烟。你们那位花花公子和老加图相比，肯定文雅高贵得多。这位被奢华簇拥的公子，最关心的是要拿起剑还是猎刀。[2]

10. 啊，对于老加图来说，他所处的时代是何等荣耀！作为一名举行过凯旋式的将军，一个监察官，一位最值得一提的伟人，他只要有一头座驾就已经满足了，事实上还不到一头，因为这驴的两边还驮着行李呢。所以，比起花花公子那

1 这是《埃涅阿斯纪》中的片段，描写的是拉丁努斯国王送给埃涅阿斯礼物的场景。

2 指的是要去决斗还是斗兽。

整队膘肥体壮的小马、西班牙短腿壮马[1]、快步马[2]，你难道不会更想要老加图那头唯一的、鞍马劳顿的坐骑吗？

11. 我发现除非我自己主动结束，否则这个话题说起来是没完没了的。所以我现在要沉默了，至少不再提这些多余的事情了。毫无疑问，最先管行李叫“包袱”[3]的人具有先见之明，他已经预感到了，如今行李正是累赘的包袱。现在我要告诉你一些我们学派的三段论（尽管数量很少），它们讨论了美德的问题。在我看来，要想过上幸福生活，有美德相伴便已足够。

12. “善[4]的东西让人变好。例如，音乐中的善会造就音乐家。但偶然事件不会让人变好，因此，偶然事件不是善。”逍遥学派对此的回应是——这个前提就是错的。善的手段不总是能让人变好，音乐中存在善的东西，比如用来给人声伴奏的笛子、竖琴、风琴，但仅凭这些乐器是不能造就音乐家的。

13. 我们是这样回应的：“你并没理解我们所说的‘音乐中的善’指的是什么。我们指的不是音乐家的装备，而是

---

1 产自西班牙阿斯图里亚斯地区的一种缓步马。

2 以速度快而著称的一种马。

3 impedimenta，字面意思是“行李”，引申义为“累赘”“包袱”。

4 中文的“善”与“好”在原文中是同一个词，“恶”与“坏”亦然，很多时候无法进行切分，已尽量按符合中文习惯的方式处理。——译者注

能造就音乐家的东西。你指的是艺术的工具，而不是艺术本身。[1]所以，如果音乐艺术中有某种善，那么它一定是能造就音乐家的。”

14. 我想把这个观点说得更清楚一些。我们对“音乐中的善”有两种定义方式，第一种有助于音乐家的表演，第二种有助于音乐家的艺术。乐器，自然是有助于音乐家的表演，例如笛子、竖琴、风琴一类，但乐器并不一定有助于音乐家的艺术本身。因为即便没有乐器，他还是个艺术家，只是可能缺少表演艺术的能力而已。但人的善，就不是这种双重含义的东西了，人的善和生活的善是同一件事情。

15. “无论多么卑贱可鄙的人命中都可能遇上的东西，不是善。财富是拉皮条的人和角斗士训练师们都有可能命中遇上的东西，所以财富不是善。”有人说：“这前提又是错的，我们能观察到，命运也会赋予最底层的人某些善的东西，不只是学者们的技艺，医术和导航术也是这样。”

16. 然而，这些天赋的技艺没法让灵魂变得伟大，它们既不能升华到某种高度，也不会对抗命运的安排。能升华一个人的、让他超然于凡人视若珍宝的东西，是美德。美德既不

1 见柏拉图《斐多篇》。其中苏格拉底将物质的竖琴和造就音乐的“无实体的、美妙而神圣的和谐”对比。

会对好的东西贪婪无度，也不会对坏的东西过于恐惧。克里奥帕特拉有个阉奴，名叫克莱顿，他拥有大量财富。最近还有一个叫纳塔利斯的人，此人的嘴肮脏无耻，经常用来干那最邪恶的勾当。这类人前有无数先辈，后有无数继承者。该怎么说呢？是钱让他变得肮脏，还是他玷污了钱？钱掉到某些人的手里，就像硬币掉进了下水道。

17. 美德高于一切。它用自己铸造的硬币来估价。[1]美德不把这些大风吹来的意外之财视为好东西，但医术和导航术却并不会禁止学习这些技艺的人艳羡飞来的横财。就算不是好人，也仍然可以是个医生、领航员、学者，就好比哪怕不是好人也可以当厨子一样。如果命运赋予了某个人不普通的东西，那就不能说他是普通人，他就是自己所拥有的那个东西代表的那种人。

18. 一个坚固的箱子，它的价值在于里面装的东西，或者说，它只是里边东西的附属物。在给装钱的袋子定价时，有谁会不去考虑里面装了多少钱呢？这也同样适用于那些拥有巨额财富的人，他们只是那巨额财富的附属物和配件。那么，为什么智者伟大？因为他有伟大的灵魂。因此，最卑贱可鄙的人命中都可能遇上的东西不是善，这说法是正确的。

---

1 指美德的价值不在外物，只在于其自身。

19. 因此，我绝对不会将无所事事视为善。因为即便是知了和跳蚤也拥有这种品质。我也不会认为休息和无忧无虑是善。因为，有什么能比虫子更悠闲呢？你问是什么造就了智者？正是造就了神的东西造就了智者。你必须承认，智者身上有属于神圣的、虔诚的、庄严的因素。善不会降临到每一个人头上，也不是随便哪个人就能拥有的。

20. 看啊：

每个地方出产什么水果，或是不出产什么；
这里的玉米长得好，那里的葡萄生得好。
其他地方那幼嫩的小树和芳草，
不经意间披上了绿衣。
你看，特摩罗是如何将番红花的香气四处播撒。
象牙来自印度，希巴送来了香料，
赤身裸体的卡吕贝斯人则带来了铁器。[1]

21. 这些物产分布在不同的地区，使得人们不得不互相沟通，大家都要从自己的邻人那里获得一些东西才行。所以，至善也有自己的居所。它不是在出产象牙或是铁器的地方。

1 引自维吉尔《农事诗》。

你问至善在哪里？它在灵魂里。只有纯洁神圣的灵魂中，才有神的居所。

22.“恶不能产生善。财富源于贪婪，因此，财富不是善。”有人说：“说恶不能产生善，这不对。因为钱可能是通过渎神或盗窃的行为获得的。虽然渎神和盗窃是恶，但它们之所以是恶，只是因为这类行为造成的恶果比善果多。因为这类行为会带来收益，但这收益伴随着恐惧、焦虑与精神和肉体上的折磨。”

23. 说这话的人必须承认，渎神，尽管说它是恶，是因为它造成的恶果很多，但它也有一部分是善，因为它会带来一定量的善果。还有什么说法能比这个更骇人的吗？不可否认的是，我们这个世界现在事实上已经把渎神、盗窃、通奸都看成善了。有多少人偷东西不脸红，有多少人吹嘘自己通奸！轻微渎神遭到处罚，而大规模的渎神则在凯旋式上备受褒扬。

24. 此外，如果渎神在某种意义上完全是善的，那么渎神也就值得尊敬，应该称之为正确的行为，因为它是和我们自身有关的行为。但没有哪个人在认真思考之后会承认这种观点。因此，恶不能产生善。如果像反对者所说，渎神是恶，仅仅是因为它带来了很多恶果，那么只要你免除了对渎神的惩罚，保证不去制裁它，那渎神就变成完全的善了。但是，对罪行最大的惩罚，就在于罪行本身。

25. 我坚持认为，如果你提出要把惩罚罪行这件事留给刽子手和监狱，那绝对是错的。罪行刚一犯下就已经遭到了惩罚，不，应该说是在犯下的一瞬间就遭到了惩罚。因此，恶不能产生善，就像橄榄树结不出无花果。种什么种子，结什么果，任何东西都各遵其类。正如卑下的东西不可能产生值得尊敬的东西，恶也不能产生善。值得尊敬与善是一致的。

26. 我们学派的某些人反对这种说法，他们认为："让我们这样看。钱，不管是怎么来的，本身都是个好东西。即便是通过渎神的行为得到的钱，也并不是源自渎神。你看看这个例子就明白这个意思了：一个罐子里有一块金子，还有一条毒蛇。如果你从罐子里拿出了金子，那不是因为罐子里有毒蛇，也就是说，是罐子给我带来了金子，但不是因为有毒蛇才有金子，有没有毒蛇和有没有金子没关系。同理，从渎神的行为中获得收益，不是因为渎神是卑下的、应该被诅咒的行为，而是因为这种行为里也包含了收益。罐子里的毒蛇是恶，而金子不是。所以，渎神的行为是罪、是恶，但因此产生的收益不是。"

27. 但我不同意这种说法。因为这两种情况是不一样的。前者，我可以拿金子而不碰毒蛇，但后者，不犯下渎神的罪行就不会有收益。收益和罪行没法彼此切割，而是一体两面。

28.“如果我们想要得到某种东西时，会卷进许多恶行中，那么这种东西就不是善。当我们想要发财时，就会卷进许多恶行中，因此，财富不是善。”有人说：“你这个前提里有两层意思，一层是我们想要发财的时候会卷进许多恶行中，但我们渴望美德的时候也会卷进许多坏事里。比如有人在游学时会遭遇船难，还有人会被土匪绑票。”

29.“第二层意思是，我们因为某事被卷入恶行中，那这件事就不是善。这和我们的命题‘我们因渴望发财或追求享乐而卷入恶行’在逻辑上并不一致。不然的话，如果我们因为渴望发财而卷进了很多恶行，那么财富就不仅不是善那么简单了，它就必然是恶，但你只是说它不是善。此外，你要承认财富是有用处的。你得承认它们是能带来好处的。而要是按你前面的说法，它们根本就带不来好处，因为在追求财富的时候我们要承受很多害处。”

30.有的人是这样回应的：“你把害处归罪于财富，那就错了。财富不会伤害任何人，是人类自身的愚蠢，又或是邻人的邪恶，才会伤害人。就像是刀剑自身不会杀人，是杀人者挥舞着刀剑而已。财富自身不会伤害你，是出于获取财富的原因，你才受伤害。”

31.我觉得波西多尼乌斯的论证更好一些，他认为财富之所以是产生恶，不是因为财富自身作恶，而是因为财富怂恿、驱策人类去作恶。因为，必然会立即产生害处的直接原因是一回事，而前因则是另一回事。财富中蕴含的是前因。财富让人的灵魂膨胀自大，使人遭到嫉恨，把人弄得心神不宁。这种情况十分严重，它使得人们即使知道空有富人的虚名会给自己带来伤害，但还是会觉得开心。

32. 然而，所有善的东西都应该是无罪的。善的东西应该是纯洁的，不会腐蚀灵魂，不会诱惑我们。它们的确会升华和扩展人的灵魂，但不会使其膨胀。善的东西产生自信，但财富产生的是无耻。善的东西使我们灵魂伟大，但财富赋予我们的是倨傲自大。而倨傲自大，不过是伟大的虚假表象而已。

33. 反对者说："按你的说法，财富不仅不是善，反而应该是确定无疑的恶。"如果财富本身会带来伤害，或者说如我之前所述，它蕴含了邪恶的充分起因，那财富就是恶；但事实上，财富蕴含的是前因。它作为前因，不仅唤醒了，事实上还强拉硬拽着人们的精神。是的，从天而降的财富具有善的假象，这种假象很像现实，而且赢得了很多人的信任。

34. 美德里也存在着前因，它会产生嫉妒。很多人因为有智慧，或是因为很正直，所以不受人欢迎。但这种前因，尽管蕴含在美德中，却不是美德自身的结果，也不仅仅是现实的假象。不，与之相反，更接近现实的是，美德在人类灵魂之中闪现出的形象，召唤着人们热爱美德，并为之赞叹。

35. 波西多尼乌斯认为这个三段论的结构应该是这样的：“不能让灵魂变得伟大、自信或无忧无虑的东西，不是善。财富、健康或其他类似的东西都与之无关，因此，财富和健康不是善。”他又进一步扩展了这个论证：“不能让灵魂变得伟大、自信或无忧无虑，而是反过来使灵魂变得倨傲自大、虚荣、无礼的东西，是恶。而命运的赠礼会让我们陷入这些恶中。因此，那些赠礼不是善。”

36. 反对者说：“但是按这种推理方法，命运的赠礼可就一点好处都没有了。”不，好处和善，这是两件事。好处指的是带来的有用性大于麻烦，但善却不该混杂其他因素，不应当有任何有害成分。如果某个东西包含的收益大过损害，那它不是善；只有不包含损害而只带来收益的东西，才能称之为善。

37. 此外，所谓好处，是动物、不完美的人、愚蠢的人也都能得到的。因此，好处之中可能夹杂着坏处，这团混合物之所以能称为好处，是因为好处在其中占多数。但善，是只有智者才能触及的，它注定是不会和其他东西混杂在一起的。

38. 加把劲吧，现在只有一个问题有待厘清了，尽管这个问题属实难解：“恶不能产生善，但财富来自无数人的贫穷，因此，财富不是善。”我们学派并不承认这个三段论。这是逍遥学派自己杜撰出来的，并且还给出了解法。而波西多尼乌斯指出，安提帕特对这个在所有辩证法学派里都流传甚久的谬误进行了驳斥。

39.“‘贫穷’一词，指的不是拥有某些东西，而是不拥有，用古人的话来说就是‘剥夺’（希腊人所说的‘剥夺’指的就是‘没有’）。‘贫穷’说的不是一个人有什么，而是他没有什么。因此，不能从众多的虚无中产生充实。财富是由很多正向的东西组成的，不是由大量的匮乏组成的。所以你对贫穷的理解有误。贫穷不是指占有的东西很少，而是没有的东西很多。因此，贫穷不是指一个人有什么，而是他缺什么。”

40. 要是有个拉丁语词能表达希腊语中“不拥有”的含义，那我就更容易讲明白了。安提帕特认为这是贫穷的特质，但我觉得贫穷其实就是占有的东西很少。我们什么时候有大量的空闲时间，会再来研究这个问题：财富的本质是什么，贫穷的本质是什么？不过真到了那时候，我们还要研究一下减轻贫穷，并且消除由富裕带来的傲慢，是不是会比仿佛这些问题已经解决了一样逞口舌之利会更好一些。

41. 设想一下，我们被召集到了公民大会上，有人提交了一份要求废除财富的法案。如果用上前面这些三段论，那我们是该支持还是反对这个法案呢？这些三段论能不能帮助我们说服罗马公民，应该要求并赞扬作为帝国根基和肇因的贫穷，并带着畏惧削减现有的财富？能不能让公民反思一下，自己是从对外征服的受害者那里取得财富的，这些财富是买卖官职、贿赂以及肆虐整个城市的混乱的根源，而这座城市之前恰恰以最极致的严谨持重而著称。而这些财富、这些对被征服国家的战利品的炫示又过于铺张。最后，能不能让公民反思一下，一个民族从所有其他民族那里夺来的，不管是什么东西，都更容易被其他民族夺走？不，与其用逻辑来回避问题，不如用行动来支持这个法案，直接对我们的欲望发起正面攻击。如果我们做得到，就更加大胆地说出来，如果我们做不到，那就要更加坦率。

论提前计划徒劳无益

1. 每一天和每一小时都表明了我们是怎样的微不足道，一些鲜活的例子提醒我们，不要忘却了自己的弱点，在我们计划永恒的时候，又迫使我们去眺望死亡。你问我这个开场白是什么意思？这指的是科尼利乌斯·塞内西奥，一位杰出且能干的罗马骑士。你知道他的，他于寒微中崛起，现在已经爬过了崎岖山路，面前是一片坦途了。因为提升身份这种事情，总归是开头最难。

2. 穷的时候，钱来得最慢。塞内西奥眼看要变成大富翁了，他有两大法宝助力，一是知道该怎么赚钱，二是明白该如何攒钱。这两件法宝只要有一个就足以让他变成有钱人。

3. 他的日子过得非常简朴，对健康和财富都很谨慎。有一天，他和往常一样一大早来召唤我，然后一整天，甚至直到夜幕降临，我都守在这位病重无望的朋友身边。吃了顿不错的晚饭后，他却突然急性咽喉炎发作，喉咙肿胀，无法呼吸，只勉强活到黎明破晓就去世了。所以，在履行完一个健全男人的所有职责后，仅仅过了几个小时，他就离开了人世。

4. 他在陆地和海上都有投资，还走上仕途，尝试过各种事务，就在他取得财务上的成功之际，就在金钱正源源不断流向他的金库之时，他却告别了这个世界。

现在嫁接你的梨子吧，

梅利波厄斯，把葡萄树逐排栽好！[1]

但是，当一个人连明天都无法拥有的时候，把人生“逐排栽好”该是多么愚蠢啊！谋划那些遥不可及的希望，是多么疯狂啊！说什么：“我要买地盖房子，借钱再还钱，赢得荣誉头衔，等年迈之时，我就撒手不管，过上安逸生活。”

5. 你要相信我，世事无常，即便对那些有钱人来说也是一样。没人有权利为自己描绘未来。我们唯一能抓住的东西会从我们的手中溜走，即便实际时间安排得满满当当，偶然的变数也能横插进来。时间事实上是按照我们看不到的固定规律流逝的，既然自己的生命历程都无法确定，而自然法则是确定的，这对我来说意味着什么？

1 引自维吉尔《牧歌》。

6. 我们计划远航，在海外漫游后，拖延了很久才打算归乡。我们计划去军队服役，通过一场场艰苦的战役慢慢得到嘉奖，筹谋爬上总督的位子，并且一步接一步晋升，而与此同时，死亡一直相伴左右。但是，除非死亡降临到身边人头上，我们从来不会想到它。死亡的例证一日又一日地向我们紧逼而来，我们却只在惊讶于熟人去世的时候才意识到它的存在。

7. 每天都可能发生的事情，有朝一日真的发生了，这有什么好大惊小怪的呢？我们都有命定的寿数，这是无情的命运法则决定的，但我们都不清楚自己离这个寿数有多远。因此，让我们像是自己马上就要走到尽头那样要求自己的心灵吧。别拖延任何事情，生命的账还是每天一结吧。

8. 生命最大的问题就是它永远是不完美的，总有些事情要拖延。一个每天都为自己的生活画上最后一笔的人，永远不会缺乏时间。而正是因为这种缺乏，才产生了对未来的恐惧和渴求，进而吞噬我们的心灵。没有什么比杞人忧天更悲惨的了，我们惴惴不安的心灵被无端的恐惧煽动起来，担忧余生还有多长，它会是什么样。

9. 那么我们该如何避免这种摇摆不定呢？只有一种办法：对于生命，不要看向遥远的未来，而是要回到生命本身。因为，假如一个人只在乎未来，现在就会变得无益。但是，当我已经偿清了灵魂欠下的债后，当健全而平衡的心灵明白了，无论未来还有多少天、多少麻烦，一日与永恒并无二致之时，灵魂就可以从崇高之处眺望，当它想到那绵延不绝的岁月，也会由衷微笑。如果你能在不确定的事物面前岿然不动，那么变化无常的运气也就不会再扰乱你的心绪了。

10. 所以啊，我亲爱的鲁基里乌斯，马上开始生活吧，把每一天都当成一段新的人生度过。那些已经做好准备的人，他们每日的生活都是一个完整的整体，他的心态会变得十分轻松愉悦。但那些只依靠希望而生的人，会发现眼前的未来总是从手中溜走，贪婪取而代之，对死亡的恐惧则成了对一切的诅咒。于是就有了迈赛纳斯那最为卑下的祈祷，他甘愿接受虚弱、畸形，甚至是被钉上十字架的痛苦，只为了能在这种苦难中苟延残喘：

11.

即便一只手麻痹了，腿瘸得软弱无力；

我驼背了，牙齿也开始摇晃，直到咔咔作响。

只要我的命还在，一切都可以！

救救我，啊，救我一命吧，我求你！

哪怕是要把我钉穿在十字架上也可以！

12. 这就是他，祈祷那些世上最悲惨的事情，只为了能多活一会儿。如果他想要活到被钉上十字架的那一刻，我会认为他是最可怜的人。“不，”他哭号，“你可以让我的身体虚弱，只要你能给我这残破不堪的躯体留口气！如果你想的话，可以让我残废，只要让我那畸形的身体在这世上多撑一会儿！你甚至可以把我钉在十字架上！”为了推迟那可以抚慰一切苦痛、终结一切惩罚的一刻，真的值得承受这样的伤害、被钉死在十字架上吗？拥有生命的气息，却只为最终放弃它，这一切值得吗？

13. 对于迈赛纳斯，除了上天的眷顾，还能要求什么？他这没有雄风的不体面的诗句是什么意思？如此恐慌是在说明什么？为什么如此卑微地乞求生命？他应该从没听过维吉尔的诗句：

告诉我，死亡真的有那么悲惨吗？[1]

他乞求极致的痛苦，甚至乞求更难以忍受的东西——尽量延长这种痛苦，为此他换来了什么？不过是存活得更久一些而已。但那缓慢的死亡又算得上是种什么样的生活呢？

---

1 引自《埃涅阿斯纪》。

14. 有谁宁可在痛苦中一点点衰弱下去，肢体一段接一段残死，让生命一点一滴地耗尽，而不愿一死了之？有谁愿意被钉在那棵被诅咒的树[1]上，长期病弱，已然畸形，胸口和肩膀肿起丑陋的瘤子，在漫长而剧烈的痛苦中缓缓咽气？我想，他甚至在上十字架之前就有无数借口可以先死一步！你现在还能否认，大自然让死亡不可避免，其实是非常慷慨的事情吗？

15. 很多人已经准备好履行更可耻的交易，出卖朋友来让自己活得更久一些，或是自愿让孩子为奴，以便能多享受一会儿阳光，而那阳光就是他们罪孽的见证者。我们必须摆脱这种对生命的渴求，要明白，何时受苦并不重要，因为有时你是注定要受苦的。关键不在于你能活多久，而在于活得是否高尚。而活得高尚，通常意味着无法长寿。再见。

---

1 指十字架。

论通过理性达到的真正之善

1.

我会给你许多古老的准则。

只要你不退缩，

不会因学习这些卑微琐细的东西而感到羞耻。[1]

但你没有退缩，也没有被任何精细的学问吓倒。因为你那有修养的头脑不习惯以随随便便的态度去研究这么重大的课题。我赞成你的方式，把每件事都当成是在取得一定程度的进步，只有从那些最精细的东西中一无所获时，你才会感到沮丧。我要努力证明，这也是现在的状况。我们的问题是：善是通过感觉获取，还是通过理解得到。由此产生的必然推论

---

1 引自维吉尔《农事诗》。

是——动物和婴幼儿身上并不存在善。

2. 那些把快乐当成至高理想的人觉得，善是属于感觉的问题。但我们斯多葛派坚持认为，善是属于理解的问题，我们将之归于心灵。如果是用感觉来判断何谓善，那么我们就不该拒绝任何快乐。因为所有的快乐都是吸引人的，都是让人愉悦的。同时，我们就不该自愿承受任何痛苦，因为没有一种痛苦不和感官产生冲突。

3. 此外，这种情况下，自然无须责备那些耽于享乐的人和那些极度害怕痛苦的人，但我们确实会谴责那些屈从于食色之欲的人，会蔑视那些因害怕痛苦而不敢做出男子汉行为的人。但是，如果这些人只是凭借感觉来裁定善与恶，那么他们又有什么值得怪罪的呢？因为感觉是检验该追求和回避什么的标准啊！

4. 可是，在这样的问题上，理性无疑是支配性的因素。因为和幸福生活、美德和理性有关的决定是由理性做出的，所以，和善恶有关的决定，还是由理性做出的。伊壁鸠鲁学派允许最卑下的部分去给更好的部分下判决，这样一来，就是由感觉（这种愚笨、迟钝、在人身上甚至比在动物身上更怠惰的东西）来判断善恶了。

5. 只要假设一下，一个人想要通过触觉而非视觉来分辨细小的物体！没有什么特殊的感知能力会比眼睛更敏锐，更能让我们分辨善恶的了。所以你看，如果有人觉得触觉可以判断出至善和至恶的本质，那么他是在对真理多么无知的情况下度日的啊，他把高贵而神圣的理想贬损成了什么样子！

6. 他说："正如每种科学、每种艺术都应该具备一种可感知、能被感官把握的元素（这正是科学和艺术出现并发展的动力源泉），幸福生活的基础和起源也源自可感知的事物，也要落在感觉的范畴内。你一定会承认，幸福生活始自感官可感知的事物。"

7. 但我们对"幸福"的定义是——那些与自然相符的东西。而与自然相符的东西是显而易见，就像是"完整"的东西也是一目了然的一样。我坚持认为，那些与自然相符的东西，那些我们一出生就被馈赠的东西，并不是善，而是善的开始。但你却把至善，也就是你所谓的快乐，归于婴儿。这样讲的话，刚出生的孩子一开始就是个完美的人了，这是本末倒置。

8. 如果有人说胎儿（尚在母亲腹中、性别不明、娇嫩、没有形体）已经处在善的状态，那么他无疑是误入歧途了。然而，刚刚接受了生命礼物的婴儿，和仍然是作为母亲腹中的负担的胎儿，两者之间的差异多小啊！就理解善恶的问题而言，两者的发育程度是一样的，而一个婴儿理解善的能力并没有比一棵树或是任何动物强多少。但是，为什么树或动物身上不存在善呢？因为它们身上没有理性。同理，婴儿的身上也不存在善，因为婴儿也没有理性。婴儿只有获得了理性之后，才能触及善。

9. 有的动物完全没有理性，有的动物还没被赋予理性，有的动物只有不完整的理性。它们身上都不存在善，因为善与理性同行。那么，我刚才提到的这几种情况之间有什么区别呢？对于那些完全没有理性的，善永远不会存在；对于还没被赋予理性的，善暂且不存在；对于有理性但不完备的，善可以存在，但还没存在。

10. 鲁基里乌斯，这就是我想说的：善不是随便哪个人都有的，也不是随便什么年龄的人都有的。善和婴儿之间的距离，就是终点和起点之间的距离，或是已经完成的东西和刚刚萌芽的东西之间的距离。因此，柔弱的婴儿身上是不能存在善的，因为那小小的躯壳刚刚开始成形。当然不可能有——他们身上的善不会比胎儿更多。

11. 承认了这个真理，我们就会明白，树或是草，具有某种特定的善，但这种善并不是在它们刚破土而出的时候就有的。麦子有某种特定的善，但它在抽芽长叶、麦粒灌浆的阶段时是没有善的，只有到了夏日，麦粒成熟时才有。这就是说，一般而言，大自然在到达完美之前不会产生善，人的善也是一样，在获得理性、达到完美之前，人不会拥有善。

12. 那么，什么是人的善？我要告诉你：它是自由的心灵，是正直的心灵，是令外物臣服，却不臣服于外物。婴儿时代没有这种善，幼童时代也无法触及这种善，甚至青年时代也很难获得这种善，即使到了老年，通过长期专注地学习而达到这种善，那也算是非常幸运了。如果说善是这样的，那它显然是属于理解范畴的事情。

13. 反对者说："但是你承认树和草具有某种特定的善。那么孩子身上肯定也会有某种特定的善。"但树或动物身上并不存在真正的善，我管那个叫"特定的善"只是一种客气话。"那么那算是什么？"你说。那只是顺应各自的自然天性而已。真正的善在动物身上是绝对无从存在的。善的本质更加美好，属于更为高级的种群。没有理性的地方，善也就不存在。

14. 我们这里要提到四种生物的自然天性：树、动物、人、神。后两者具有理性的能力，具有同样的自然天性，彼此之间的区别仅在于一个永生不朽，而另一个是肉体凡胎。对于神来说，自然天性让他们身上的善得以完美，而对人来说，要想达到完美的善，需要通过艰苦学习。其他的生物，只是在特定的自然天性上是完美的，而不是真正的完美，因为它们没有理性。事实上，总结起来，真正的完美，是在自然总体意义上的完美，而自然总体是具有理性的。其他东西的完美，则各从其类。

15. 不能包含幸福生活的东西，也无法包含产生幸福生活的事物。幸福生活只由善而生。动物身上没有幸福生活的一丝迹象，也没有能产生幸福生活的手段，所以在动物身上不存在善。

16. 动物只能通过自己的感官来理解身边的现世。它只有遇到某种能提醒感官的东西时才能回忆起过去。例如，马只有身处起点时才能想起正确的路，而当它被关在马厩中时，它对路毫无记忆，不管它曾经沿着路走过多少次。而除现在和过去以外的第三种东西——未来，则根本不在动物的理解范围之内。

17. 于是，我们怎么能认为天然无法完美感受时间的生物是完美的呢？时间是三重的——过去、现在、未来。动物只能感受到它们来来往往的范围内最重要的时刻——现在。极少有动物能回忆过去，而且也只有当下的某种东西提醒了它们时才能做到这一点。

18. 因此，本质完美的善不可能存在于本质不完美的东西身上。如果后者拥有善，那么植物也就拥有善了。事实上我不否认，动物会有强烈而迅捷的冲动，能做出似乎符合自然天性的行为，但这类冲动是混乱无序的。而善，从来不是混乱无序的。

19.“什么！”你说，“你说动物的运动是混乱无序的吗？”我要说的是，它们是在以符合规律的方式运动，尽管看起来是混乱无序的。事实上它们是按照自己的天性运动的。因为，所谓的“混乱”在有些时候也能成为“不混乱”的状态；所谓的不平静的状态，也可以变为平静的状态。假如一个人本质上压根就不具备实现美德的能力，那他也谈不上是恶人了。对于动物而言，它们的运动只是出自自然天性的结果。

20.但是，为了不让你听了觉得累，简单说来，动物身上存在某种特定的善，某种特定的美德，某种特定的完美，但不是绝对意义上的善、美德和完美。因为这些都只是理性的特权，拥有理性，才能懂得原因、程度、手段。因此，只有拥有理性的东西才能拥有善。

21.你问我争论这些是为了什么，你的心灵能从中获得什么益处？我会告诉你：这会锻炼并磨砺心灵，通过让心灵思考这种值得尊敬的问题，来达成某种善。甚至当人们忙不迭地奔向邪恶时，这也有助于把他们多少拽回来一点。然而，我还要说，我能带给你的最大益处，莫过于揭示属于你自己的善，让你脱离动物之列，把你置于神明身旁。

22.请问，你为什么要锻炼体力？自然赋予了牛马和野兽大得多的力气。为什么要经营美貌？不管你努力成什么样，也比不上某些动物美丽。为什么无休无止地打理头发？就算你梳成了帕提亚发型，或扎成日耳曼式，又或像西徐亚人一样自然披散开来，仍然会看到马身上飘扬的鬃毛比你的更厚实，狮子闪亮的颈毛比你的更美丽。即使你训练自己的速度，也绝对无法和野兔匹敌。

23. 难道你不愿意放弃所有这些你必须承认自己会失败、根本也不属于你的领域的毫末之技，回到真正属于你的善吗？什么是真正属于你的善？是澄澈无瑕的心灵，可与神明匹敌，远远超越了凡人汲汲以求的东西，不计较任何身外之物。你是理性的动物。那么，你身上的善是什么？是完美的理性。你愿意把它发展到最远的极限、最高的程度吗？

24. 只有当所有的快乐都源自理性时，当你列出了所有人们孜孜以求的东西却发现没有任何是你渴求的（注意，我说的是渴求不是偏好），才可以认为你自己是幸福的。有个简洁的法则可以帮你衡量自身，测试你是否达到了完美："当你明白世间所谓幸运的人其实是最不幸的，你就会获得属于自己的幸运。"再见。

附录：
塞涅卡生活指南

论肉体和心灵

1．古罗马人有个至今尚存的习俗。他们在信的开头会加上这样一句话：“你若安好，则甚好，我亦安好。”我们这样的人最好说：“如果你在学哲学，则甚好。”因为这才是所谓“甚好”的寓意所在。没有哲学，心灵就会生病，而肉体，尽管可能看似十分强健有力，那也只是像一个疯子或狂人那样的强健有力。

2．所以，心灵上的那种健康才是你应该主要花精力培养的，肉体上的那种就相对次要。如果你希望身体健康，那其实费不了多大功夫。我亲爱的鲁基里乌斯，对一个文明开化的人来说，花大力气来锻炼肌肉，练得肩宽体壮，这其实挺蠢，而且也很不合适。因为，尽管你的艰苦努力能有良好的回报，你能练得筋骨强健，但不管是你的力气还是体重，无论如何都没法和头等公牛相提并论。此外，用大量食物让自己的肉体过载，会绞杀你的灵魂，使它变得不那么活跃。因此，要尽量限制肉体，而赋予灵魂自由。

3．全心投入追求肉体强大的人会遭遇很多不便。首先，他们要锻炼，这就会打熬、浪费掉生命力，使得自己变得不那么适合承受压力，也不适合展开更严肃认真的学习。其次，大量进食会使他们敏锐的感官变得迟钝。此外，他们还必须听命于最卑下的奴隶，也就是那些在油壶[1]和酒桶之间来回轮换的人。如果大汗淋漓，为了弥补汗中流失的大量水分，再加上没吃饭，肚子里发空，他们就更要痛饮一番。又是喝酒又是出汗，这可是会害上消化不良的！[2]

4. 现在有那种不费时又简易的锻炼方式，能让身体迅速疲劳，从而节省时间，而时间正是我们应该厉行节约的东西。这类锻炼方式有跑步、挥舞重物、跳——跳高或跳远，又或是我称之为祭司舞[3]的那种东西，或者用一种不那么恭敬的话来说——洗衣蹦[4]。在这些里任选一种来练，你会发现它们都很简便易行。

5. 但不管你做什么，都要赶快从肉体回到心灵。不管白天还是黑夜，都必须锻炼心灵，温和适中的锻炼即可滋养它。无论天冷天热，都不会妨碍这种锻炼，甚至年老也无所谓。

---

1 指的是拳击。选手要在比赛开始前往身体上涂油。

2 按照老普林尼的说法，有一种伴随发热又出汗的消化不良症，被称为cardiacus。

3 指的是战神玛尔斯的祭司，他们会跳一种特殊的舞蹈。

4 古罗马的洗衣工会在一个大缸里跳跃踩踏衣物，以此来进行清洗。

要培养这种随年华一同增长的美德。

6. 当然，我不是命你总是俯首书案。心灵必须有调剂变化，但这种变化不是松懈，而只是不要拘束。坐轿子会让身体振动，但并不会妨碍学习，你可以边坐轿子边读书、口述、谈话、倾听，同样地，这些也都可以边走路边做。

7. 你无须鄙视练声，但我禁止你通过音阶或是特殊的语调来练习抑扬顿挫地讲话。难道你接下来还打算学习如何走路吗？如果你去咨询那种靠教点新把戏来糊口的人，你会找到人来规范你的步伐，在你吃饭时盯着你每一口的动作，只要你容忍他、相信他，就会鼓励他有更多厚颜无耻的行径。“那怎么办呢？”你会问，“是不是我应该一开始就大喊大叫，把肺活量用到极限呢？”不是。自然的办法是，通过简单的步骤逐渐将声音提到那么高，就像是争辩的人一开始都是用普通谈话的语调说话，后边才变成用尽全力喊叫。没有哪个演讲者一上来就大喊：“拜托啦，公民们！”

8. 所以，当你在这种场合有所触动时，当精神的冲动催促你时，就根据你自己的声音以及精神的指示来调整你的音量，时而声音大些，时而语调柔和些。当你控制了自己的声音，想让它平和下来的时候，就让声音慢慢落下，而不是突然降到底，声音要在高和低中间渐弱渐小，不要像乡下人那样粗鲁地突然从高声讲话一落到底。我们的目的不是练声，而是通过它来锻炼我们自己。

9. 你看，我已经给你解除了一个不小的麻烦，我现在还要送你一份小小的额外礼物，这礼物也来自希腊。这是一句非常好的谚语："傻瓜的生命里没有感激，而是充满恐惧，他的生命轨迹完全指向未来。""这是谁说的？"你问道。就是我之前提过的那位作家。[1] 你觉得所谓傻瓜的生命是指什么样的生命？是巴巴和伊西欧那样的？[2] 不，他指的就是我们自己，因为我们带着盲目的欲望，一头扎进了会给我们带来伤害，却一定不会让我们得到满足的事情中去。因为，如果我们能够知足的话，我们应该在很早之前就已经满足了。我们也没有反思过，一无所求该多么愉快，知足常乐、不仰赖命运，又是多么高贵。

10. 因此，要一直提醒自己，鲁基里乌斯，你有多少雄心壮志已经达成。当你看到前边有很多人时，要想想身后又有多少人。如果你想谢谢众神，对自己过去的人生怀抱感恩之心的话，你就应该思索一下自己已经超越了多少人。但其他人和你又有什么关系呢？你已经超越了你自己。

11. 给你自己定下一个即使有能力也不会渴望越过的界

1 伊壁鸠鲁。

2 这两人是当时的宫廷小丑。

限。然后，让那些幻惑之物都消失吧！那些东西，在渴求它们的人眼里看来，总归是比已经得到它们的人眼里要好。如果它们真的蕴含了什么实质性的东西，那么它们迟早会让你满足。而现在，它们只是徒然撩拨起酒鬼的饥渴而已。远离那些只能用来炫示的俗丽装饰吧！既然未来不可预期，那我为什么要求命运之神解囊相赠，而不是要求自己别贪恋外物呢？我又为什么要贪恋呢？难道我要把赢取来的东西堆积成山，却忘掉人生命运无常吗？何处才是我汲汲以求的终点呢？瞧，今天可能正是生命的最后一天，如果不是，那么离最后一天也不远了。再见。

论选择老师

1. 是什么力量，鲁基里乌斯，在我们瞄准一个方向时把我们拽向另一个方向，催促我们去往恰恰想要避开的那个地方？是什么东西在和我们的精神角力，让我们对任何目标都没法坚定不移地追求到底？我们从一个计划猛然转向另一个。我们的愿望没有一个是自由无羁的，没有一个是毫无保留的，没有一个是坚持长久的。

2. “但那是傻瓜，”你说，“他们没有恒心，什么东西都坚持不了多久。”然而我们又何曾将这种蠢行从自己身上剥离出去呢？没人天生具有足以脱离愚蠢的力量，他需要援手，需要有人来解救他。

3. 伊壁鸠鲁说过，有些特定的人，不依靠他人的任何帮助也能自己找到真理，能自己开出一条路来。他对这种人特别称许，因为他们的动力是内在的，全凭一己之力艰苦前行。他又说，还有些人是需要外界帮助的，除非有人领路，否则没法前进，但这种人会忠诚地追随领路人。他说迈特罗多鲁斯就是一个这样的人。这种人也很优秀，但只能算第二等。

我们自己也算不上第一等的人，能跻身第二等就已经很不错了。你也无须瞧不起那些必须靠人帮助才能得到救赎的人，获得救赎的意志本身就已经意义重大了。

4. 还有第三等人——也不该瞧不起这一等——他们可以被催逼驱赶着通向正义之路。他们需要的，与其说是向导，倒不如说是一个能鼓励并强迫他们前进的人。这就是第三种人。如果你问我谁是这样的人，伊壁鸠鲁告诉我们，赫尔马库斯是这类人。这后两种人中，他更愿意祝贺第二种[1]，而对另一种更尊敬。因为，尽管这两种人都达到了同样的目标，但用更困难的素材达到同样结果的人，更值得赞扬。

5. 设想有两座建筑完工了，都是一样的高大和壮丽，但两者的地基不同。一座是建在完美无瑕的地面上，整个建造过程一帆风顺；而另一座，光是地基就耗费了无数建筑材料，因为地面松软流动，会让地基陷进去，所以浪费了大量人工来打造坚牢的基础。纵观两者，我们能清楚看到前者取得的进步，但后者那规模更大、更艰苦的部分，却隐而不见。

6. 人的性情也是一样，有些人随和，易于管理，但也有人必须经过艰苦的锤炼，可以说，他们全部投入到了给自己打地基的过程中。因此，我觉得那些从未给自己找过麻烦的

1 指迈特罗多鲁斯，他本性更快乐开朗。

人是幸运的，但另一种人更值得欣赏，他们成功克服了天性中劣质的一面，不是温和地引导自己走向智慧，而是一路拼搏向前。

7. 你可以肯定，这种需要付出艰苦辛劳才能克服的顽固本性深植于我们的本性。我们的路上有各种困难，所以让我们战斗吧，同时召唤一些帮手来助我们一臂之力。“谁啊？”你说，“我应该召唤谁？是这个人还是那个人？”[1]其实还有另一个选择摆在你面前——求助于古人，因为他们有时间帮助你。你不仅可以从活人身上得到助力，也可以从逝者身上获得。

8. 然而，在活人里面，我们不要选那种人，他们口若悬河，滔滔不绝，结果其实都是些老生常谈，弄得好像是街头卖口才的艺人[2]一样，别选他们，听我的，要选的人是能言传身教、身体力行的人。他们真的会做他们告诉我们该做的事情，而从来不会做他们告诉我们不该做的事情。要选的向导，是那种观其行比听其言更让你钦佩的人。

9. 当然，我不是不让你听那些在公共会议或讨论中发言

1 这是指应该追随哪个学派的代表人物。塞涅卡的回答事实上意思是“不要追随现有的学派，要师法古人”。

2 指巡回演出的表演者，包括吞剑或耍蛇艺人，也包括在街角炫耀口才换几个小钱的廉价演说家。

的哲人们说的话，只要他们出现在人们面前时，是带着改善自己和他人的明确目的，而不是为了个人私利来利用自己的专业能力就行。有什么比贪求掌声的哲学更卑下的呢？难道病人会在外科医生动手术的时候给他鼓掌叫好吗？

10. 心怀敬畏，默默地接受治疗。即便你是为了叫好而喊出声来，我也会把你的喊声当成是你因为被触及伤痛之处而发出的呻吟。你是想要表达自己听得很专心，为演讲主题的伟大所震撼吗？你可以在恰当的时候这么做，我当然允许你自己做出判断，给更好的演讲投上一票。毕达哥拉斯让他的学生们保持沉默五年，你觉得五年一过他们就有权利立即欢呼鼓掌吗？

11. 离开讲堂时，仅仅因为无知者的欢呼鼓掌就喜形于色，这种人是多么疯狂啊！那些你自己不会称赞的人来称赞你，这有什么值得开心的呢？法比亚努斯曾经发表过很多受欢迎的演讲，但他的听众都是很自律的。偶尔会爆发出一声响亮的喝彩，那是因为他说的主题很伟大，而不是他讲话的声音轻柔悦耳。[1]

12. 剧场里的鼓掌叫好和学校里的鼓掌叫好应当有所区别，就算是赞美，也有特定的礼仪规范。如果你仔细观察，

1 第10和第11指的是一位真正的哲学家该对自己听众说的话。

那么所有的行为都是有意义的，你甚至可以从最微不足道的迹象来衡量一个人的性格。好色淫荡的人从步态、手的动作，有时甚至是一句简单的回答、用一根手指摸头的动作[1]、眼睛的转动就能看出来。通过笑声能判断出恶棍；通过面部表情和整体的仪态能判断出疯子。这些品质是可以借由特定的外在标志看出来的，但是，你其实也可以凭一个人如何给出和接受赞美，来判断他的性格。

13. 某个哲学家的听众无不伸出钦佩的双手鼓掌，有时仰慕的人群几乎要把手伸到演讲人的头上了。但如果你真的明白，那就会知道这其实不是赞美，而只是单纯鼓掌而已。这种性质的喝彩应该留给那些旨在取悦人群的艺术，让哲学在沉默中受崇敬吧。

14. 当然，年轻人有时必须拥有表达自己的冲动的自由，但这只能是在他们顺应自己的冲动、没法强迫自己保持沉默的时候。这样的赞美会给听众自身一种特定的鼓励，可以激励年轻的心灵。但这种赞美应是针对演讲的内容而非形式，否则，雄辩就反而有害，使他们迷恋雄辩术本身，而非讲话的主题。

1 出于某种原因，当时的人认为用一根手指挠头是缺乏男子气概或有某种恶习的表现。

15. 我现在暂且不谈这个话题了，需要长篇的专门研究才能说明应该如何面对公众演讲，在公开场合可以给演讲者多大的自由，演讲者面前的公众自身又该有多大的自由。毫无疑问的是，哲学一旦把自己的魅力暴露出来待价而沽，那就已经遭受了伤害。但如果是在圣所中由祭司而不是巡演艺人来展示，那么我们还是可以欣赏哲学的。再见。

论醉酒

1. 你让我把每天从早到晚的情况都告诉你，这样说来你一定对我评价不错，因为你觉得我没有什么事情要对别人隐瞒。无论如何，这正是我们应有的活法——每天都坦坦荡荡，好像生活在众目睽睽之下。我们思考时也要这样坦荡，就好像有人能洞悉我们灵魂的最深处一般。事实上的确有人能做到这一点。对别人有所隐瞒，这有何益呢？没有任何事情逃得过神明的目光。他是我们灵魂的见证人，进入我们思想的最中央。我说进入，就是指他也随时可能抽身离开。

2. 因此我要如你所愿，通过书信欣然告知你我在做什么，并按怎样的次序去做。我会不断审视自己，回顾每一天，这可是个最有用处的习惯。正是“没人回顾自己的一生”这件事让我们变坏。我们的思想仅仅投入到了将要做的事情中。然而，我们对未来的计划，总归取决于过去。

3. 今天的时间没有被打乱，没人从我这里偷走一分一秒。我全部的时间都用来休息和阅读。我还抽出片刻锻炼了身体，在这方面，拜年老所赐，锻炼只花了很小的力气，我只要稍微一动，就会感觉疲惫。不管一个人多么健壮，疲惫就是锻炼的目的和终点。

4. 你问我有哪些陪跑人？对我来说一个就够了——奴隶法利乌斯，他是个讨人喜欢的家伙，你知道的，但我要换掉他。到了我这个年纪，我需要一个更年轻点的陪跑人。无论如何，法利乌斯说他和我是同一个年龄段的人，因为我们现在都开始掉牙了。即便现在，他一跑起来，我也很难跟上步伐，要不了多久我就会完全跟不上了，由此可见，每天锻炼给我们带来了什么好处。两个相背而行的人，他们之间的差距很快就会拉得很大。我的奴隶在向上攀登的时候，我正在向下滑，你自然是知道我衰老的速度比他要快多少了。不对，我说错了，现在我的生命不是向下滑，而是直直地往下掉。

5. 你想知道今天的赛跑结果到底如何？我们平分秋色，这在赛跑当中可是很罕见的。用这种方法（我没法说这算是锻炼）让自己感到疲惫之后，我洗了个冷水澡。我们家把不热的水都叫冷水。我原来是冷水爱好者，习惯为庆祝新年跳进运河里，那时我在新年第一天跳进处女泉[1]，就像读书、写作、构思演讲一样自然。后来我改了地方，先是跳台伯河，再是跳我最喜欢的水池，那里的水全靠太阳来变暖。那时是

1 由马库斯·阿格里帕兴建，现在是特雷维喷泉。

我最强健、身体没有丝毫缺陷的时候。现在，我几乎没什么精力去洗澡了。

6. 洗完澡后，我吃点干面包以及一顿不用上桌的早餐，吃这样的一顿饭，之后是不需要洗手的。然后我稍微打个盹。你知道我的习惯，我睡得很少，也就是所谓的“松松绑”。因为我只要不是一直醒着就足够了。有时我知道自己睡了一觉，有时我怀疑自己到底有没有睡着。

7. 听，现在赛马的吵嚷声在我耳边响起！突如其来的齐声欢呼给我来了次突袭，但这并不能扰乱我的思想，甚至没能打断它。我可以泰然忍受高声咆哮。在我听来，众人同声高呼就像是海潮涌动，或是风拂树梢，抑或其他毫无意义的噪音而已。

8. 那么，你问我什么是我关心的东西，我要告诉你，有个想法从昨天开始就一直在我脑海中萦绕不去，那就是——最有智慧的人在为最重要的问题提供最琐细复杂的证明时，他们的本意到底是什么。证明的结论可能是正确的，尽管如此，看上去仍然像是存在谬误。

9. 芝诺，这位最伟大的人物，我们勇敢而神圣的哲学学派的尊敬的开创者，想要劝诫我们不要醉酒。那么请听他关于好人不该醉酒的论证：“没人会把秘密托付给一个醉汉，但可以托付给一个好人。因此，好人不喝醉。”我们用类似的三段论做对比就能发现芝诺的论证有多荒诞。这类三段论有很多，举一个例子就足够了："没人会把秘密托付给一个睡着了的人，但可以托付给一个好人。因此，好人不睡觉。"

10. 波西多尼乌斯用唯一可行的方式为我们的大师芝诺辩护，但我认为即便是这种方式，其实也并不可行。波西多尼乌斯坚称，"醉汉"一词有两个含义，第一种是一个人喝多了酒，失去了自控能力；第二种是一个惯于醉酒的人，也就是已经屈服于酗酒的习惯。他认为，芝诺所指的醉汉是后者——惯于醉酒的人，而不是喝醉了的人。没人会把任何秘密托付给酒鬼，因为当酒鬼贪杯时，很可能把秘密顺嘴胡说出口。

11. 这是个谬误。因为第一个三段论里说的是"已经喝醉的人"，而不是"正要去喝醉的人"。你肯定会承认，喝醉的人和酒鬼之间是有很大区别的。已经喝醉的人，可能是第一次喝醉，并没有酗酒的习惯，而酒鬼也不一定时时刻刻都处在醉酒状态。因此，我会用惯常的意思来理解"醉汉"这个词，特别是因为，这个三段论的提出者向来以用词谨慎、字斟句酌而著称。此外，如果这就是芝诺的本意，是他希望我们照此去理解的意思，那么他就是在用一个模棱两可的词来故意制造谬误。研究探索的目的是获得真理，因此任何人都不该做出这种事情来。

12. 但是让我们承认，他实际上的意思应该的确是波西多尼乌斯说的那种。但即便如此，不能把秘密托付给一个惯于醉酒的酒鬼，这个结论也是不对的。想想吧，一个将军、队长或百夫长，曾多少次把秘密托付给不总是十分清醒的士兵，士兵泄露了秘密。例如谋杀盖乌斯·恺撒的那个臭名昭著的阴谋家——我指的是那个征服了庞培并控制了整个国家的恺撒——提里乌斯·辛布尔[1]受到的信任和盖乌斯·卡西乌斯[2]不相上下。卡西乌斯终其一生只喝水，而提里乌斯·辛布尔不仅是个酒鬼，还喜欢酒后闹事。连他自己都暗示了这一点，他说："让我忍受一个主子？我连不喝醉都忍不了！"

13. 所以我们要留心这样的人，你没法相信喝酒后的他，但他平时却能因其言语获得信任。我还想到一个例子，得讲一讲，免得日后忘掉了。生活总该是有一些显而易见的说明。让我们不要总是回想那些晦暗不明的过去。

14. 卢修斯·皮索，罗马治安长官，从被任命的那一刻就一直酗酒。他晚上的大半时间都在宴饮中度过，会一直睡到中午才起床，整个上午都是这么睡过去的。尽管如此，他却兢兢业业地履行公务，其中包括守护这座城市。即使是神

1 刺杀恺撒的成员之一。——编者注

2 预谋并参与刺杀恺撒的成员之一。——编者注

圣的奥古斯都也曾将秘密指令交付给他，任命他执掌色雷斯地区的军务。[1]皮索征服了那里。提比略也很信任他，在去坎帕尼亚度假的时候把罗马留给他照管，而当时罗马城里充满了对提比略的怀疑和仇恨。

15. 我猜正是因为任命嗜酒的皮索的成功效果，使得皇帝后来又任命了克苏斯当罗马城市长官。此人富有威仪且擅长平衡各方，却酗酒成性，有一次他在宴饮之后参加元老院会议，竟然昏睡不醒，只得叫人把他扛回家。提比略正是亲自给这个人下了很多命令，他觉得，这些命令甚至不该托付给自己家族的官员。克苏斯从没泄露过半点秘密，不论公私。

16. 所以，让我们废除所有那些义愤填膺的训诫吧，比如："醉酒的人没有一个能控制住自己的灵魂。就像大桶被新酒撑破，桶底的沉渣因为发酵而泛起一样，人要是喝多了酒，藏在下边的东西就会浮上来显露于人前。喝多了酒的人肚子里翻江倒海，装不了食物，也同样装不了秘密。他会把自己和别人的秘密全都一视同仁地胡说出来。"

17. 这当然是经常发生的事情，但反过来，我们也同样

1 公元前11年，色雷斯人进攻马其顿。这场战役持续了三年，皮索最终获得了举行凯旋式的荣誉。

经常会向一些有豪饮贪杯习惯的人请教一些严肃的问题。因此，“不能把秘密托付给惯于醉酒的酒鬼”，这个假装为芝诺的论证提出辩护的命题是错误的。不要拐弯抹角，直截了当地控诉醉酒的坏处、揭露其中的恶习，这要好得多。就算是中等程度的好人也会避免酗酒，更别提完美的智者了。智者只要不口渴就满足了，即便是因为朋友的缘故心情大好多喝了几杯，也绝对不会喝到酩酊大醉的程度。

18. 我们后面会来说说过量饮酒是否会扰乱智者的精神，让他们像酒鬼一样做出蠢事。但另一方面，如果你想要证明好人不该喝醉，那为什么要诉诸逻辑推理呢？只要看看不知道自己的酒量而灌下超量的酒是多么卑贱的行为，酒鬼又会做出多少自己醒酒后会感到脸红的丑事就够了。醉酒，不过是一场故意为之的发疯。假如酒鬼酩酊大醉的状态延长到数天，那么他看起来和真疯了又有什么区别呢？酒鬼的疯劲并不比真疯子差，只是持续时间短一些而已。

19. 想一想马其顿的亚历山大，他在筵席上捅死了自己最亲密、最忠诚的朋友克利图斯，当亚历山大醒酒后知道自己做了什么，他恨不得去死。他当然应该去死。醉酒煽动、暴露了所有的恶，去除了阻止我们作恶的羞耻心。因为，多数人不去做那些被禁止的事情，与其说是因为本性良善，倒不如说是因为对罪行感到羞耻。

20. 当酒的力量变得过于强大，控制了整个心灵的时候，所有隐蔽之恶就都从潜藏的角落里跑出来。醉酒本身并不创造恶，而只是让恶浮出水面。此时，淫荡的人等不及到隐私的卧室里去，就开始放纵自己的激情为所欲为。不贞的人会公然显示自己的痼疾。脾气不好的人管不住自己的嘴和手。高傲的人愈加傲慢，无情的人更为残忍，造谣的人越发恶毒。每一种恶都开始自由发挥，跳上前台。

21. 除此以外，我们还会忘记自己是谁，磕磕绊绊、吐字不清地嘟囔，目光迷离，脚下打晃，头脑昏沉，感觉天花板在动，好像旋风把整个房子都吹得乱转一样，当酒产生气体并导致肠道胀气时，胃也要受折磨。可是，只要还保有一些正常人的力气，这些麻烦也是能忍过去的。但要是睡着了，力量削减，醉酒变成消化不良，那又该怎么办呢？

22. 想想醉酒给一个国家带来的灾难吧！这个恶魔把最有活力、最英勇善战的民族出卖给了敌人，使得多年顽强守卫的城池被攻破，使得那些完全不屈不挠、反抗枷锁的人民受制于异族。这个恶魔用酒杯征服了没法在战场上征服的人。

23. 我之前提过的亚历山大，他经历过众多行军与战斗，诸多冬季战役（在这些战役中，他克服了时间和地点的种种不利），跨越了许多源头未知的河流和海洋，全都安然无恙。

是恣意酗酒，以及那著名的赫丘力死亡之碗[1]打倒了他。

24. 酒量大，这到底有什么值得骄傲的呢？当你赢得了冠军，把所有和你一起赴宴的人都喝得昏睡不醒或呕吐不止，不敢再和你拼酒的时候，当你成为狂欢中最后的幸存者的时候，当你用华丽的表演征服了所有人，没人能在酒量上再和你争雄的时候，你自己就已经被酒桶征服了。

25. 马克·安东尼是个伟人，具有卓越的才能，但是，是什么毁了他，让他沾染上那些外国习惯以及不属于罗马的恶行呢？不就是醉酒以及威力不亚于酒的克里奥帕特拉吗！这使他成了国家公敌，让他无力抵抗敌人，把他变得残忍。他坐在桌边，国家领袖的头颅被送进来呈献给他，在最精美的皇家奢华筵席上，他亲自确认那些曾被他流放的人的脸和手[2]，尽管已经痛饮了酒，他却开始渴求血。他正在喝酒但还没醉的时候，这么干就已经够不可容忍的了，更无法忍受的

---

1 赫丘力即希腊大力神赫拉克勒斯的拉丁语称呼。按照利普修斯引述的雅典人的说法，这种碗指的是皮奥夏的巨型银杯，因为赫丘力是用这种杯子喝酒的。但塞尔维乌斯认为，这种碗得名自赫丘力带到意大利的巨型木碗，这是献祭牺牲时用的。

2 “安东尼派人去杀西塞罗，他下令砍下西塞罗的头颅和右手……手下把头颅和手带回来后，他开心地注视着它们，而且还不止一次忍不住笑出了声，他看过瘾了之后，就下令把它们挂在罗马广场上。”引自普鲁塔克的《安东尼》。

是这些事情都是他在酩酊大醉之后干出来的。

26. 酗酒之后接踵而至的通常就是残忍。因为此时人健全的心智被腐蚀了，变得野蛮。就好比迁延不去的疾病会让人变得暴躁易怒，稍有不顺心就会暴跳如雷一样，一轮又一轮不停地醉酒也会让灵魂变得如同野兽一般。如果一个人总是失去理智，那疯狂就会变成常态，而酗酒催生出的种种邪恶，即便在酒醒时仍会威力不减。

27. 因此，说明智者为什么不该醉酒，要用事实来解释醉酒的可怕和它萦回不去的邪恶，而不是只凭空话。用最简单的办法即可——讲清楚，那些人们称之为快乐的事情，一旦逾越了应有的界限，就会立即变成惩罚。因为如果你试图证明智者把自己泡在酒里也能保持正道，那么你还能继续用三段论推演出，他就算吞了毒药也不会死、灌了安眠药也不会睡、吃了藜芦[1]也不会把堵在胃里的东西全吐出来。但是，如果一个人脚步蹒跚，舌头发硬，你有什么理由相信他是半醉半醒呢？再见。

1 这是一种具有催吐功能的植物，曾被古人广泛使用。它还用于治疗精神错乱。其拉丁文原名为 veratum。

论自然是我们最好的供养者

1. 每当我发现了什么，都不会等到你说“来分享一下”，我就会想起你。如果你想知道我发现了什么，那就打开自己的口袋吧。我发现的东西是稳赚不赔的。我要教你的是，如何尽快发财。你多么想知道这个啊！没错，我要指给你通往最大财富的一条捷径。但是，你必须先找到一笔贷款，要想做买卖，你得先签债务合同，但我不希望你通过中间人来借钱，也不希望掮客来给你估价。

2. 我可以给你配个现成的债权人，老加图说：“就从自己身上借吧！”（老加图的著名债权人就是自己）无论数量多少，只要能用自己的资源来弥补亏空，那就足够了。这是因为，我亲爱的鲁基里乌斯，不管你是一无所求还是拥有财富，都并不重要。不管哪种情况，重要的原则只有一条——无忧无虑。但我不是建议你拒绝一切出自自然天性的需求，因为天性是很坚持执拗的，不可战胜，它会要求自己应得的那一份。你应该明白的是，任何超过自然天性的需求的部分，都只是“额外”的东西，并不是不可或缺的。

3. 如果我饿了，我就必须吃饭。自然天性不会在乎吃的是粗粮面包还是精白面包。它要的不是取悦肠胃，而是填饱肚子。如果我渴了，自然天性也不会在意我是找个离得最近的蓄水池随便喝点水，还是我先把水故意放在大量的雪里冰镇一下。自然天性的命令只是想办法解渴而已，并不在乎喝水的容器是金杯、水晶杯、玛瑙杯、陶土杯，还是干脆用手捧着喝。

4. 看看万事万物的终点，你就会舍弃多余的东西。饥饿在召唤我，那我就伸手拿个离我最近的东西来吃，不管我抓到了什么，饥饿都会让它在我眼中美味无比。饥肠辘辘的人是不会挑食的。

5. 那么，你问是什么让我开心？是我发现的一句精彩的名言——智者是自然财富最热切的探寻者。“什么？”你问道，“你这是用空话来诳我吗？这是什么意思？我连金库都预备好，只等着装钱了，我已经在盘算要去哪片海域经商，要给国家缴多少税，要置办一些什么商品回来了。你这是在骗人啊，许诺让我发财，结果却教我怎么受穷。”但是，朋友啊，你觉得一个一无所求的人是穷人吗？“但是，”你答道，“他一无所求，这要归功于自身和他的忍耐力，而不是因为他有财富。”那么，你觉得这样一个财富永不会用尽的人不算是富有吗？

6. 你想要的是“很多”，还是“足够”？拥有“很多”的人，会渴望更多，这就证明了他得到的东西还不够。但拥有“足够”的人，达到了有钱人无法企及的境界——欲望的终点。你认为达到这种境界的人并不算富有，是因为他们不会因此而被流放吗？是因为他们的妻子儿女没有为此而给他们下毒吗？是因为这种境界不会在战时被破坏吗？是因为它会在和平时期带来闲暇吗？是因为拥有它并不危险，投资它也不麻烦吗？

7. “但是，如果一个人仅仅是免于饥寒，那他拥有的东西就太少了。”但是大神朱庇特本身也没强到哪儿去。足够的，从来也不会太少；不够的，从来也不会太多。亚历山大即使在打败大流士、征服印度之后，也还是个穷人。我说错了吗？他寻找真正属于自己的东西，探索未知的大海，派新舰队穿越大洋，可以说是打破了宇宙的壁垒。但对自然而言足够的东西，对人而言却不够。

8. 有人在得到一切后，还渴求更多，他们如此昏聩，上路之后忘却了自己的出发点。亚历山大不久前只是世界某个不为人知的角落里一个地位不稳的小国王，而在抵达地球边界之后，却必须穿过他收为已有的这个世界，垂头丧气地班师而回。

9. 钱从不会让一个人富有，正相反，它会让人渴求更多的钱。你问这是为什么？拥有很多的人，有能力获得更多。总而言之，你可以随便说个百万富翁的名字，让我们细细查看一下，比如克拉苏、李锡尼这类的人。让他带着自己的估价，带着现有的财产和未来的预期，把这一切都加起来。这样一个人，按照我的观点，是个穷人；按照你的观点，他总有一天会变成穷人。

10. 而那种按照自然天性的需求安排事务的人，则不会害怕贫穷，也不会感到贫穷。为了让你明白，把需求缩小到自然天性的限度有多难，我要告诉你，即使是我们刚提到的这种你称之为穷人的人，事实上也拥有一些多余的东西。

11. 然而，财富会蒙蔽并吸引暴民。当他们看到某人家里运出大量现金，甚至是看到他家的墙上镶满大量黄金，或是此人的随从体态俊美、衣着华丽，就会被炫惑。所有这些人的富裕，都是公共舆论捧出来的。但理想的人，也就是不受制于他人也不受制于命运的人，他的幸福是内在的。

12. 因为在这样的人看来，那些所谓的富人并不是富裕，只是熙熙攘攘的贫穷而已。所谓的有钱，有点像我们说“我有热病”，其实是热病俘获了我们。反过来，我们也习惯说：“热病攫住了他。”与之类似，我们应该说：“钱财攫住了他。”因此，我要给你们的建议莫过于（这样的建议没人会嫌多），你要用自然的需求去衡量一切。这些需求要么可以免费满足，要么可以用非常低廉的代价得到满足。只是，不要把任何恶习和这些需求混同在一起。

13. 你为什么还要管食物要怎么上桌、放在怎样的桌子上、用什么样的银器来吃、由什么与之相配的年轻侍者端上来？自然天性根本不需要这些，只需要食物就够了。

当焦渴灼痛喉咙时，你还是只要喝金杯里的水吗？

当饥饿感袭来时，你还是除了孔雀肉和比目鱼，其他都不屑一吃吗？

14. 饥饿是没有野心的，只要能不饿，就满足了，而且它也不太在乎是用什么食物来满足的。那些外物，不过是一种奢侈的工具，而非“幸福”的工具。奢侈在乎的是，如何在饱食之后延长饥饿、继续吃下去，是把肠胃塞得满满当当而不是吃饱，是在喝完第一杯就已经解渴了的情况下唤起继续喝下去的欲望。因此，上述贺拉斯的两句诗非常精彩，他说，用多昂贵的杯子、以多优雅的姿态来喝水，都并不会更解渴。如果你认为奴隶的头发卷不卷很重要，抑或他给你端上来的杯子透明度高不高很重要，那就说明你其实不渴。

15. 自然赋予了我们一个特殊的恩惠：我们不需要担心能否得到那些纯粹必不可少的东西。有多余的东西，我们才有得选，我们才会说“这个不合适”“这个不太好”“那个好难看”。宇宙的创造者为我们定下了生命的法则，它规定我们应该幸福地活着，而不是奢侈地活着。所有有助于幸福的东西，都准备就绪、触手可及，但奢侈所需的东西，除非与悲惨和焦虑相伴，否则永远无法凑齐。

16. 因此，让我们利用这自然的恩惠，把它视为最重要的事情。我们要反思一下，最应该感谢自然的就是那纯粹必不可少的东西，不管是什么，我们不需担惊受怕就能得到。再见。

论心灵之安宁

作者 _ [古罗马] 塞涅卡　译者 _ 孙腾

产品经理 _ 黄迪音　封面设计 _ 董歆昱　内文设计 _ 吴偲靓
产品总监 _ 李佳婕　技术编辑 _ 白咏明　责任印制 _ 刘淼　出品人 _ 许文婷

果麦
www.guomai.cn

以 微 小 的 力 量 推 动 文 明

图书在版编目（CIP）数据

论心灵之安宁 / (古罗马) 塞涅卡著 ; 孙腾译. --
天津 : 天津人民出版社, 2024.4
ISBN 978-7-201-20299-0

Ⅰ. ①论… Ⅱ. ①塞… ②孙… Ⅲ. ①人生哲学—通
俗读物 Ⅳ. ①B821-49

中国国家版本馆CIP数据核字（2024）第056509号

论心灵之安宁
LUN XINLING ZHI ANNING

出　　版　天津人民出版社
出 版 人　刘锦泉
地　　址　天津市和平区西康路35号康岳大厦
邮政编码　300051
邮购电话　022-23332469
电子信箱　reader@tjrmcbs.com

责任编辑　燕文青
特约编辑　康嘉瑄
封面设计　董歆昱
产品经理　黄迪音

制版印刷　天津丰富彩艺印刷有限公司
经　　销　新华书店
发　　行　果麦文化传媒股份有限公司
开　　本　880毫米×1230毫米　1/32
印　　张　5.5
印　　数　1—7,000
插　　页　4
字　　数　85千字
版次印次　2024年4月第1版　2024年4月第1次印刷
定　　价　38.00元